BIBLIOTHÈQUE DE LA JEUNESSE
LES RUSES DE MEDGÉ
PAR C. ARIELZARA
LIBRAIRIE HACHETTE

COLLECTION DES VOYAGES EXTRAORDINAIRES

DE

JULES VERNE

NOUVELLE ÉDITION

CHAQUE VOLUME IN-16 RELIÉ

TOILE VERT ET OR AVEC

COUVRE-LIVRE EN COULEURS

LES RUSES DE MEDGÉ

HÉLÈNE ET MEDGE SE FIRENT PRÉDIRE L'AVENIR PAR UNE DEVINERESSE

BIBLIOTHÈQUE DE LA JEUNESSE

LES RUSES DE MEDGÉ

PAR

C. ARIELZARA

ILLUSTRATIONS DE J. TOUCHET

LIBRAIRIE HACHETTE
79, BOULEVARD SAINT-GERMAIN, PARIS

LES RUSES DE MEDGÉ

CHAPITRE PREMIER

C'ÉTAIT à la fin de 1912. Un soir pluvieux et froid. Le vent, en mugissant, s'était abattu sur la baie de Salonique, des vagues, poussées par l'ouragan et venues du large, sautaient sur le quai, éclaboussant le trottoir de l'autre côté de la chaussée et bondissaient même jusqu'aux murs des jardins et des maisons aux volets fermés. Parfois, sous la violence de l'orage, les lampes électriques, qui éclairent les quais déserts, s'obscurcissaient tout à coup, près de s'éteindre, puis resplendissaient à nouveau. Et rien n'est plus curieux que cette longue file de lampes qui encadrent et bordent la baie de Salonique, et qui, d'un côté, se perdent dans la nuit, et de l'autre luisent du plus vif éclat qu'augmentent les lampes des cafés sur la place de la Liberté. Au delà, c'est encore l'ombre, mais plus profonde encore.

Il pouvait être neuf heures du soir et tout était sombre dans ce quartier de la ville, quand une jeune fille de seize ans environ, enveloppée et dissimulée dans une sorte de mante noire qu'elle maintenait sur son visage, parut au bas d'une ruelle solitaire qui débouchait près de la mer. C'était Hélène Kallistidès, la fille d'un marchand de grains, établi près du bazar.

Que pouvait-elle faire là, toute seule dans la nuit à observer la mer, à frémir devant chaque grosse vague qui se brisait contre les pierres du quai et contre les rochers ?

Elle paraissait craindre qu'on ne l'observât, car, appuyée à l'angle d'une maison, elle se collait contre la muraille, comme pour se fondre avec l'ombre.

De temps à autre, afin de mieux voir sur la mer, Hélène avançait d'un pas et murmurait avec angoisse :

« Mon Dieu, mon Dieu ! vont-ils revenir ? »

A tout instant, elle croyait apercevoir de petites lueurs sur les vagues, comme celles d'une lanterne, mais bientôt elle reconnaissait que c'était une illusion de ses yeux, fatigués de trop observer l'horizon.

Cependant, Hélène attendit longtemps, longtemps. A présent le vent tombait, la pluie avait cessé, quelques étoiles brillaient au ciel. Les flots se calmeraient à leur tour.

Hélène soupira :

« Il est tard ! Ils ne reviendront pas ce soir, que Dieu les protège ! »

Et, rejetant son manteau sur sa tête en guise de voile, Hélène jeta un dernier regard sur la mer, puis s'avança en faisant le moins de bruit possible avec ses souliers sur les pavés de la ruelle, qu'elle remonta ; enfin, elle déboucha dans un chemin plus large, mais là, elle s'arrêta net. Des pas se faisaient entendre dans la nuit, non loin d'elle ; on se dirigeait de son côté. Qui était-ce? Hélène, le cœur battant, en émoi, se dissimula contre un mur sombre et attendit.

Etaient-ce des voleurs? Ou plutôt une patrouille de police turque ? On allait l'interroger, lui demander ce qu'elle faisait là, à cette heure, loin de sa demeure? Mais Hélène repoussa ces pensées loin d'elle. Qu'avait-elle à craindre de la police ? Elle n'avait rien fait de mal. Elle n'avait pas volé, elle était venue voir seulement la mer, et le reste importait peu à la police turque ? C'étaient des braves gens, ces Turcs, si doux et si bons. Ah ! pourquoi ne pouvait-on plus vivre en paix, Grecs et Turcs ! Pourquoi ces haines, et pourquoi chercher à s'abattre l'un l'autre, quand on avait fraternisé heureux depuis plusieurs siècles ?

Toutes ces pensées se heurtèrent dans le cerveau d'Hélène tandis que les pas s'approchaient. Alors, elle reconnut que c'étaient quatre paisibles Turcs, leur fez sur la tête et le chapelet à la main qui, tout en bavardant et marchant lentement, s'avançaient vers les beaux quartiers de la ville, vers les cafés de la place de la Liberté.

Puisqu'il en était ainsi, le mieux était de les suivre. Cela aurait l'air plus naturel. Cependant, les Turcs marchaient d'un pas trop lent au gré d'Hélène et elle se décida à les dépasser. Les hommes ne firent pas attention à elle, ne lui adressèrent pas la parole. Alors, pleinement tranquille, elle s'avança par les rues plus éclairées plus animées, où se pressaient les élégants et les élégantes de la ville, les étrangers et la foule bariolée des Arméniens, des Grecs et des Juifs. Sur la place de la Liberté, envahie par les terrasses des cafés et par les tables dont les rangs gagnaient le milieu de la chaussée, Hélène dut marcher plus lentement. Elle craignait de rencontrer quelque marchand grec ou arménien, quelque ami de son père ; alors, on lui demanderait ce qu'elle faisait seule, dehors, on s'étonnerait, que répondrait-elle ? Enfin, elle franchit la place et se dirigea vers le bazar ; les boutiques illuminées projetaient leur clarté dans la rue tout entière, les marchands bavardaient sur leurs seuils. Oh, Hélène savait bien les paroles qui étaient sur toutes les lèvres : la guerre, la révolte contre la domination turque, triomphe des Grecs. Et tout bas, Hélène se disait : A quoi bon ? Salonique n'était-elle pas florissante et la plus prospère des villes de la côte ? Sommes-nous malheureux, nous autres Grecs, sommes-nous persécutés par nos maîtres Turcs ? Non ! Nous sommes libres, et vivons en paix. Alors? Tout en songeant de la sorte, Hélène avait franchi le bazar et se dirigea vers la mosquée San Dimitri. Dans ce coin, tout était paisible, endormi. On entrevoyait seulement de temps à autre quelque lumière à travers les fentes d'un volet.

Hélène s'avançait donc tranquillement. Maintenant elle se voyait dans son quartier, chaque porte, chaque boutique lui était connue.

Au tournant d'une ruelle, un homme sortit de l'ombre et murmura :

« Hélène. »

L'enfant tressaillit, puis elle répondit tout bas :

« Oncle Thémistocle, est-ce toi ?

— Oui ; je t'attendais. N'as-tu rien vu ?

— Rien !

— Il ne faut pas se tourmenter.

— Mais il est tard.

— Non.

— Et la mer était forte!

— Mais non ! Elle se calme. Ils vont arriver.

— J'aurais mieux fait d'attendre, peut être ?

— Non, ta mère s'inquiéterait! Ils retrouveront bien leur chemin tout seuls, sois sans crainte !

— J'ai peur pour eux !

— Il n'y a rien à redouter.

— Sait-on ?

— Mais oui, viens, on doit veiller chez toi.

— Tu entres ?

— Oui. J'attendrai avec vous.

— Bien ! »

Justement, Hélène et l'oncle Thémistocle arrivaient à une petite maison peinte en rose, le long de laquelle grimpait une vigne ; tout était obscur, pas une lumière apparente.

Hélène frappa trois coups secs contre la porte, attendit une minute, puis refrappa trois coups sonores.

Alors, elle prêta l'oreille. Dans la maison elle entendit le grincement d'une porte, le traînement de deux babouches sur le plancher, les pas qui se rapprochaient. Elle murmura :

« C'est ma mère. »

Oncle Thémistocle approuva d'un hochement de tête.

La porte s'ouvrit dans l'ombre, une voix murmura :

« Entrez. »

Sans bruit, Hélène et Thémistocle s'engouffrèrent dans une pièce sombre et nue qu'ils traversèrent au plus vite, poussèrent une porte et pénétrèrent alors dans une salle assez grande, désordonnée, entourée d'un divan bas, encombrée de bassines de cuivre, d'aiguières, de corbeilles, d'étoffes, de coussins. Sur le divan un homme d'une soixantaine d'années était assis à l'orientale et fumait le narghilé. Hélène se jeta dans ses bras.

« Bonsoir, père. Ils ne sont pas là ! »

Puis elle se tourna vers sa mère qui attendait debout près de la porte et qu'éclairait crûment la lumière de lampe à pétrole, grossière et sans abat-jour.

Elle était encore fort belle, la mère d'Hélène, grande, brune, les cheveux noués en tresses sur sa tête, toute vêtue de noir. Elle demanda aussi d'une voix inquiète :

« Et tes frères ?

— Pas encore revenus !

— Oh, mon Dieu !

— Femme, ne te tourmente pas. Rien n'a pu leur arriver. La tempête s'est tue. Attends et prie Dieu pour l'Hellade et la liberté. »

Un silence lourd suivit. Oncle Thémistocle s'était assis à côté de son frère Kallistidès et fumait.

Cependant Hélène s'accroupit à terre et, tendant la main vers une corbeille de fruits, saisit une orange qu'elle pela et mangea en silence. Sa mère lui demanda :

« Veux-tu manger autre chose ?

— Merci, je n'ai pas faim. »

Et le même silence se fit dans la salle. Hélène songeait ; sa mère, dans un coin, priait et murmurait des supplications sans fin, à genoux devant les icônes de San Dimitri et de Sainte Sophie. De temps à autre, elle soupirait.

Tout à coup, un gémissement partit du fond de la salle, du divan qui était presque dans l'ombre.

Une voix brisée murmura :

« Hélène ».

La jeune fille se redressa et courut vers le divan. Au moment où elle s'approcha une vieille femme aux cheveux blancs et tout enveloppée de châles noirs se souleva à demi :

« Hélène, c'est toi ?

— Oui, grand'mère. Veux-tu boire ? As-tu faim ?

— Non. Je ne veux rien. Y a-t-il de la lumière ici ?

— Oui, grand'mère ! »

Et Hélène s'approcha de l'aïeule aveugle que chacun vénérait. La vieille demanda :

« Vous êtes tous là ? Et la lampe brûle ?

— Oui, grand'mère ! »

Un frisson secoua la vieille femme, elle tordit ses mains, un son rauque sortit de sa gorge et elle murmura d'une voix changée :

« Je dormais et une grande lueur est venue frapper mes yeux.

— Oui, grand'mère.

— Oui, c'était une lueur, mais une lueur toute rouge, sanglante. »

Chacun frémit, retenant son souffle. L'aïeule avait le don ! elle avait reçu du ciel le pouvoir de lire dans le passé et de prédire l'avenir. Aussi la famille attendait-elle avec angoisse les mots que la grand'mère allait prononcer.

Elle reprit, après un nouveau frisson :

« Malheur ! Malheur ! Du sang ! Massacres ! Sang ! »

Hélène supplia :

Oh ! Grand'mère! Grand'mère !

« — Il faut souffrir. Il faut attendre ! »

Et l'aïeule se tut.

Chacun baissa la tête. Quels tristes présages. Mais à ce moment trois coups impérieux furent frappés à la porte, dehors.

La mère se leva avec un soupir de joie :

« Les voilà. »

Elle marcha vers la porte : les trois coups recommencèrent.

« Oh ! cette fois, murmura Hélène, ce sont Périclès et Aristotelès. Quelle nouvelle apportent-ils ? »

Les deux vieillards, anxieux, ne disent rien.

Les jeunes gens pénètrent dans la chambre, ils sont enveloppés de grandes mantes, dégouttantes d'eau. Ils laissent tomber ces vêtements qu'Hélène emporte dans la salle sombre et ils apparaissent tête nue, jeunes, pleins d'entrain et de l'ardeur de leurs vingt ans. Respectueusement ils se tiennent debout, en silence, devant le père, le vieux Kallistidès, qui n'a pas cessé de fumer et qui se décide enfin à parler :

« Eh bien ? »

Aristotelès, l'aîné des deux garçons, répond avec une ardeur et une joie profonde :

« La guerre va éclater.

— Personne ne vous a vus ?

— Non, personne ! Nous avons débarqué dans l'ombre. Nous sommes venus avec des pêcheurs de Corinthe.

— Ils étaient au rendez-vous ?

— Oui, tous les patriotes étaient venus ; chacun était accouru pour apprendre la bonne nouvelle ! La guerre est déclarée. A présent, ce n'est plus qu'une question d'heures ! La Grèce se révolte contre la Turquie.

— Que Dieu soit avec nous, » dit solennellement Kallistidès.

CHAPITRE II

A LA nouvelle: « La guerre est déclarée », la mère s'était levée toute blanche et avait **murmuré** :

« Oh, mon Dieu ! »

Le vieux Kallistidès resta pensif un instant, cessa de fumer pour réfléchir, puis, levant les yeux vers ses fils, il dit :

« Mes enfants, il faut partir.

— Quand, père ?

— Cette nuit même !

— Déjà ? fit la mère.

— Oui. Quand la nouvelle de la guerre sera venue jusqu'ici, il ne sera plus temps. On ne les laissera plus rejoindre nos troupes.

— C'est vrai ! fit Périclès.

— D'ailleurs continua Kallistidès, on ignore qu'ils ont pu revenir. Dans le pays chacun sait qu'ils sont en voyage, mais l'on croit que c'est pour notre commerce. Allons, dites adieu à votre mère et à Hélène, et moi je vous bénis. »

Les deux fils s'agenouillèrent devant leur père qui posa la main sur leurs fronts en prononçant les paroles de bénédiction :

« Dieu vous garde ! Et priez sainte Sophie !

— Oui, père ! »

— Adieu, mère ! »

Et la femme serra ses deux fils sur son cœur en pleurant ; mais elle ne voulait pas montrer sa peine à son mari, elle voulait être une forte patriote comme lui, et elle sécha ses larmes.

Elle dit seulement à Hélène :

« Embrasse tes frères !

— Oh mère, . j'irai les conduire au port avec l'oncle Thémistocle.

— Bien.

— Comment allez-vous rejoindre l'armée ? demanda Kallistidès.

— Demain, nous serons au village. Nous gagnerons ensuite Athènes pour combattre plus vite.

— Dieu nous donne l'Empire, ô mes fils ! Maintenant je vais vous remettre quelques pièces d'or, car cela vous sera utile pendant la guerre.

— Merci père. »

Le vieux Kallistidès se leva et passa dans une pièce voisine.

Mais dans ce mouvement, il fit tomber un bassin de cuivre qui produisit un bruit de tonnerre.

L'aïeule se réveilla en sursaut, elle demanda :

HÉLÈNE SE DIRIGEA VERS UNE BARQUE OU UN HOMME ATTENDAIT

« Qui est là ? Qui est venu ? J'ai entendu des pas. »

Hélène répondit doucement :

« Ce sont Périclès et Aristotelès. O grand'mère, peux-tu nous dire quelque chose, peux-tu, toi qui sais l'avenir ?

— Oui.. Attends. Du sang, du sang, massacres, massacres.

— Oh ! » Et Hélène, pleine d'épouvante, cacha son visage dans ses mains.

Mais l'aïeule se redressa soudain avec une vigueur merveilleuse, une grande joie sembla illuminer son front et elle s'écria d'une voix douce, étonnée et musicale :

« Victoire, triomphe ! Ils reviennent chargés de gloire, sans blessures, ils reviennent au foyer paternel. De nouveau les jours couleront en paix, l'olive pressée donnera l'huile et les hommes cueilleront les raisins, en chantant au temps des vendanges. Allez en paix. »

Et la vieille roula, endormie, sur le divan.

Hélène poussa un cri de joie.

« Elle a promis la victoire ! Elle a prédit que vous reviendriez tous deux sains et saufs. Mère, as-tu entendu ?

— Oui, répliqua la mère d'une voix blanche. Dieu sera clément pour nous et nous donnera la victoire ».

— Nous prierons San Dimitri », reprit Hélène.

Elle se tut. Kallistidès rentrait dans la chambre, portant une sorte de sac en cuir qui rendait un son métallique. Il fouilla dans le sac et en sortit une poignée de monnaie. S'asseyant devant une petite table, il divisa son or en deux piles égales.

« Approchez maintenant, dit-il, toi Aristotelès, passe le premier, cache ces pièces dans ta ceinture et n'en sois pas trop prodigue. Et toi, Périclès, viens à ton tour et prends ta part. Maintenant vous pourrez vivre quelque temps ainsi. »

— Ecrivez-nous ! s'écria Hélène.

— Si nous pouvons, » répliqua Périclès.

Alors, Hélène s'approcha de Périclès ; elle tenait une image de San Dimitri qu'elle avait brodée elle-même et qui devait protéger le combattant.

« Mets cela sur ton cœur, ô Périclès, et songe à nous pendant la bataille. Le saint détournera les balles, et toi, Aristotelès, prend aussi cette image et fais comme Périclès. Aucun mal ne pourra vous arriver.

— Merci, petite sœur. »

Et tous deux embrassèrent leur sœur en un grand élan. Hélène avait bien envie de pleurer, mais elle se contint. Son père l'aurait mal jugée et traitée de mauvaise patriote.

Quant à la mère, elle préparait un gros paquet de viandes cuites et de pain pour que ses fils eussent de quoi se nourrir jusqu'à leur arrivée à Athènes.

Hélène décrocha un gros sac en laine d'Anatolie pendu au mur et y entassa les victuailles et un peu de linge.

Alors, l'oncle Thémistocle se leva et dit :

« Il faut partir. Il est temps. »

Périclès et Aristotelès rejetèrent leur manteau sur leurs épaules, puis, une dernière fois, ils embrassèrent sans mot dire leur père et leur mère et les voilà dans la rue.

Hélène marche devant, rapidement, et regarde s'il n'y a rien de suspect. Non, toutes les fenêtres des voisins sont sans lumière, tout dort. Personne n'aura vu ses frères revenir. Personne ne pourra les trahir.

« Ne faites pas de bruit ! » murmure-t-elle.

Et chacun s'efforce de marcher doucement. Quand la ruelle est franchie, quand on a passé la mosquée de San Dimitri, on se sent plus tranquille. On risque moins de rencontrer des gens de connaissance. Les gens vous connaissent moins, ou pas du tout. Il n'y a plus autant de danger d'être espionné ou interrogé. D'ailleurs, dans ce quartier, tout le monde dort également.

« Il vaut mieux ne pas passer par le bazar, suggère Hélène. On ne sait qui l'on peut rencontrer.

— Oui, dit Périclès. Nous l'avons évité en venant.

— C'est bien, je vais vous guider, murmure Hélène. Je connais le plus court chemin. »

Et elle se dirige par des ruelles tortueuses et sombres où elle se reconnaît à merveille.

Tout à coup, l'on débouche dans une rue plus large, mais aussi endormie. Un souffle humide et violent arrive jusqu'aux fugitifs, la mer est proche.

« Où les pêcheurs vous attendent-ils ? demande Hélène.

— Au bout du quai, au delà de la dernière lampe.

— Ah, bien. »

En silence, Hélène guide ses frères vers la droite, ils marchèrent encore assez longtemps.

Enfin, elle murmure :

« Ce doit être au bout de la ruelle. Attendez-moi, je vais voir s'il n'y a pas de patrouille de police. »

Elle s'avance avec précaution jusqu'au quai. La mer est déserte. La dernière lampe électrique du port éclaire à une centaine de mètres du bord. En s'approchant de l'eau, Hélène remarque une barque amarrée ; un homme dans un grand manteau attend et épie.

Hélène demande :

« Est-ce toi du village d'en face ? »

L'homme lève la tête vers celle qui parle dans l'ombre et répond :

« Oui. Qui es-tu ?

— La sœur de Périclès et d'Aristotelès. Ils viennent.

— Ah, bien.

— Je vais les chercher. Tes compagnons sont loin ?

— Non. Ils pêchent là-bas.

— Attends-moi. »

Et Hélène court vers ses frères.

« Il n'y a personne. Venez. L'homme attend. »

Ils se hâtent. Oncle Thémistocle observe au loin. Rien, aucune patrouille, tout dort dans la nuit.

Hélène regarde ses frères qui saisissent les avirons de la barque et qui déjà nagent vers le large.

« Adieu ! »

Et Hélène voit la barque, petite masse noire qui s'éloigne peu à peu sur les flots sombres, dont elle entend les clapotis devant elle.

« Ils auront bon vent ! murmure l'oncle Thémistocle.

— Ah ! Dieu les garde de la tempête !

— Ne crains rien, les vents sont tombés, il n'y a plus qu'une bonne brise qui les poussera vers le large. Viens-tu ?

— Non, pas encore !

— Mais il est tard !

— N'importe, je veux savoir, pour le dire à ma mère, qu'ils sont bien parvenus au bateau. Ils feront un signal. »

Hélène regarde fixement la mer, devant elle. Va-t-elle enfin surgir cette lueur qui lui dira : « Nous sommes là sur le navire qui nous emportera vers Athènes, vers l'armée, où nous allons nous engager pour conquérir notre empire d'autrefois, l'empire de Byzance ».

Oh ! qu'elle tarde à poindre cette lueur ! Mais, soudain, elle paraît, tout petit point rouge, au-dessus des flots ; par trois fois, elle monte et s'abaisse et reste fixe en l'air.

Hélène tressaille et murmure :

« Ils partent ! »

Et elle contemple le fanal que les matelots ont accroché à un mât et qui disparaît dans la nuit.

« Maintenant, revenons par le quai et la place de la Liberté. Ce sera plus court.

— Oui, nous pouvons. »

Ils suivent la mer et les quais déserts qu'éclairent les lampes électriques en haut de grands réverbères.

Soudain, au tournant d'une rue, surgissent deux agents de police turque, le fez sur la tête.

Sans mot dire, ils regardent Hélène et l'oncle Thémistocle passer sans se presser, mais l'un d'eux s'étonne de voir ces gens se promener si tard et les interroge :

« Que faites-vous là ? »

Oncle Thémistocle ne se démonte pas et répond :

« J'avais été voir si Assan, le pêcheur, était rentré ce soir. Il avait dû pêcher aujourd'hui avec des gens de Cavalla, dont j'attendais des nouvelles de mes fils et...

— Est-il rentré, Assan ?

— Non ! Mais vous n'avez pas vu cette lueur rouge qui s'est élevée par trois fois au-dessus des flots ? »

Les policiers s'interrogent du regard. Non, ils n'ont rien vu. L'un d'eux cherche à s'excuser.

« Nous venons d'arriver à la mer. Nous ne la surveillons pas !

— Bon, bien, dit tranquillement oncle Thémistocle. Nous avons pu nous tromper. Si vous voyez Assan, le rouge, débarquer avec ses filets, vous lui direz que Thémistocle, de Cavalla, est inquiet de lui. Il saura ce que cela veut dire.

— Allah veille sur toi, frère.

— Bonne nuit, défenseurs des pauvres ! »

Thémistocle et Hélène continuent leur route.

Thémistocle ricane :

« Tu as entendu. Ils n'ont rien vu ! Ils ne comprennent rien.

— O oncle Thémistocle, comment peuvent-ils deviner ? Ne raille pas, ils sont si bons et si doux. Crois-tu que nos Grecs seraient meilleurs ? Les Turcs ne nous font pas de mal. Ils nous laissent libres et en paix. Chacun s'entend bien dans notre Salonique. Pourquoi faut-il se battre, tuer des hommes ? »

L'oncle Thémistocle répondit sévèrement :

« Tais-toi ; les femmes ne peuvent pas comprendre et ne doivent pas juger ; attends et prie Dieu pour nos armées et nos hommes et souhaite le jour où notre étendard hellène flamboiera sur San Dimitri. »

Hélène baisse la tête et ne répond rien. Sans souffler mot, ils remontent par les ruelles sombres, où s'élève parfois le hurlement d'un chien, le cri d'un hibou, et quand ils arrivent près de leur demeure, les muezzins, du haut des minarets, lancent dans la nuit leur chant traînant et plaintif.

CHAPITRE III

ONCLE Thémistocle était déjà rentré dans la maison et Hélène, sur le seuil, regardait les fenêtres voisines, comme si elle attendait quelque chose.

Elle allait rentrer à son tour, quand un volet grinça tout près d'elle, dans la demeure de Hadji, le joaillier ; une petite voix craintive appela :

« Hélène, est-ce toi ? »

Hélène tressaillit, elle leva les yeux vers la véranda grillagée de bois, dont un panneau venait de se relever et elle aperçut le joli visage frais et espiègle de sa petite amie Medgé, une Turque de douze ans, la fille de Hadji.

Et Hélène murmura :

« Medgé, que fais-tu là ?

— Hélène, pardonne-moi, tu sais, j'étais inquiète, je ne pouvais dormir, alors j'ai regardé par la fenêtre, et je t'ai vue rentrer, toi d'abord, puis ils sont arrivés... eux...

— Tai-toi, Medgé, tais-toi.

— Oui, je comprends, demain nous en parlerons. Tu vas travailler chez Constantine la juive, demain matin ?

— Oui !

— Alors, je t'attendrai !

— Viens frapper à la porte, nous irons porter notre travail ensemble.

— Oui. Bonne nuit, Hélène, et qu'Allah veille sur toi, et sur eux !

— Oui. Bonne nuit pour toi et que mon Dieu te protège ! »

Au rayon de lune qui éclairait la ruelle, Hélène vit le visage de Medgé disparaître derrière le panneau de grillage en bois qui se rabaissa. Alors Hélène, avec un soupir, rentra chez elle, ferma sa porte et s'en fut dormir.

Le lendemain, il était tard déjà quand Medgé vint la chercher portant une corbeille couverte d'un voile dans lequel était soigneusement pliée une écharpe ingénieusement brodée. Hélène prépara une autre corbeille où elle disposa des fils d'or et d'argent, ainsi qu'un dessus de coussin brodé qu'elle destinait à l'atelier de Constantine Zigomata, établie près du bazar et où les deux fillettes travaillaient de temps à autre. On les recherchait beaucoup à cause de leur habileté, de la finesse et de l'ingéniosité de leurs points.

Il faisait un beau soleil ce matin-là et bien que l'on fût déjà en hiver, un souffle tiède flottait par les rues et l'on sentait de la joie à vivre et à rêver au soleil.

Tout en allant par les rues avec Medgé, Hélène bavardait à voix basse.

« Tes parents ont-ils vu que mes frères étaient revenus ?

— Oui, dit Medgé. Ils ont entendu du bruit, mais tu sais que Hadji, mon père, est bon et ne voudrait pas vous faire du tort.

— Oui, c'est le meilleur ami de mon père Kallistidès.

— Ils ont toujours vécu l'un près de l'autre dans Salonique.

— Comme nous !

— C'est vrai !

— Oh ! Hélène ! Quel malheur si la guerre éclate, qu'adviendra-t-il de nous ?

— Oui, je ne sais pas. N'étions-nous pas heureux ? Et depuis que l'on parle de guerre tout a changé.

— Que veux-tu dire, Hélène ?

— Tu sais bien, Medgé, mon père en a parlé au tien,

— Non, je n'étais pas là.

— Alors, Hadji ne vous a rien répété ?

— Non ! Que se passe-t-il ?

— Voilà, ma petite Medgé, tu sais que les affaires de mon père ne vont pas.

— Oh!

— Alors Alexandre, l'Arménien, ton voisin, lui a prêté de l'argent.

— Oh! pauvres de vous! Argent prêté apporte ruine.

— Oui. Oh! j'ai peur, Medgé. J'ai peur d'Alexandre.

— Pourquoi?

— Tu ne sais pas; il a mis comme clause, si mon père tardait à le rembourser, qu'à l'échéance je devrais dans cinq ans épouser son fils.

— Comment? le méchant petit bossu?

— Oui, celui qui nous battait quand nous étions enfants.

— Oh! ma pauvre Hélène!

— Mais je ne veux pas. »

Et Hélène redressa fièrement la tête.

« Comment vas-tu faire? »

Hélène regarda le ciel et leva la main avec un geste d'invocation:

« Dieu nous aidera! »

Cependant les deux petites étaient parvenues devant la maison de Constantine Zigomata. Elles pénétrèrent dans une grande salle nue, où, sur le carreau, étaient accroupies une quinzaine de fillettes de huit à seize ans, aux costumes bariolés, Grecques, Turques, Juives, Arméniennes, toutes occupées à broder des soies multicolores ou à coudre des paillettes dorées en dessins compliqués.

Assise sur le divan, bouffie de graisse, chargée de colliers et de bagues, la grosse Constantine Zigomata surveillait ses ouvrières tout en enfilant des perles avec une lenteur mesurée.

Certes, si les fillettes travaillaient, cela ne les empêchait pas de rire, de chanter ou de bavarder. C'était une vraie cage d'oiseaux que l'atelier.

Quand Hélène et Medgé pénétrèrent dans la salle, on les salua de rires et des noms les plus doux.

« Bonjour, mes colombes!

— Salut, mes roses de Perse!

— Allah vous garde, mes perles de Lahor! »

Elles répondirent gaîment à ces cris.

Constantine les embrassa, les complimenta de leur travail, leur offrit de la confiture et le café de bienvenue.

Les deux enfants acceptèrent, burent et remercièrent, puis Constantine leur distribua un nouvel ouvrage compliqué à exécuter : un long napperon de soie blanche qu'il fallait broder au point de Rhodes avec de la soie rouge. C'était une Anglaise qui avait commandé cette broderie; il fallait donc se hâter.

Tout le monde s'était remis à coudre et à babiller. Seules, Hélène et Medgé se taisaient. Leurs cœurs, ce matin-là, étaient

ASSISE SUR UN DIVAN, CONSTANTINE ZIGOMATA SURVEILLAIT SES JEUNES OUVRIÈRES

trop chargés de soucis. Cependant leurs compagnes s'aperçurent de leur tristesse et une petite Turque aux yeux langoureux demanda :

« Hélène, chante-nous la chanson grecque :

Dormir, si tu veux
Belle enfant mignonne,
Je ferai pour toi
Changer le ciel en miel.

— Oh oui, oui, chante Hélène ! reprirent les ouvrières en chœur.

— Si vous voulez ».

Et Hélène commença d'une voix profonde la mélopée qui finissait en notes semblables au murmure d'une flûte de roseau. Quand elle eut achevé :

« Encore, encore, cria-t-on.

— Chante-nous *La Plainte de la rose !*

— Non, *Les Jasmins enlacés.*

— Non, *La Plainte de la jeune fille.*

— Attendez, attendez, je ne puis les chanter toutes à la fois.

— Commence par celle de la rose !

— Oui, après, je vous en chanterai une autre que j'ai trouvée hier.

— Oh oui ! »

Hélène s'exécuta de bonne grâce et ses compagnes ravies semblaient insatiables.

« Ouf ! je n'en puis plus ! murmura Hélène, j'ai la gorge sèche. A une autre.

— Mais personne ici ne chante comme toi.

— Que Marie l'Arménienne chante aussi, elle connaît des chansons.

— Non, je n'en sais pas d'autres que les tiennes !

— Ah bien, cria une petite Grecque au visage fûté, puisque personne ne chante, que Medgé nous raconte des histoires.

— Raconte-nous l'histoire que tu avais commencée : celle du Khalife de Bagdad qui cherchait un éléphant rose.

— Oh oui !

— Bien ! »

Et Medgé commença son histoire. Elle avait un don remarquable d'imagination et faisait vivre ses personnages avec tant de naturel que ses compagnes se croyaient presque au théâtre arménien. Tantôt elle imitait le pauvre vizir toujours affairé, ou bien la coquette Fatima, ou bien l'Arménien usurier.

« C'est tout à fait Alexandre, s'écria la petite Grecque rusée. Oh ! le vilain. Hou, Hou ! »

Chaque famille plus ou moins pauvre avait eu à se plaindre des exactions du méchant homme qui pressurait les pauvres gens.

« Oh ! Hélène, Alexandre a mal parlé de ton père Kallistidès, hier au bazar ! Mon père nous l'a dit.

— Bah ! dit une autre gamine. On sait bien qu'Alexandre a une langue de serpent. Il est jaloux parce qu'on dit toujours : « L'honnête Kallistidès, le bon Kallistidès, Kallistidès le juste ? »

— Oui, c'est cela !

— Cela l'empêche de dormir !

— Il en crève de jalousie !

— Que les démons l'entraînent. Ce ne sera pas une perte ! »

Hélène ne dit rien. A quoi bon ? Et puis si quelque âpre parole sortait de sa bouche, ne serait-elle pas répétée à Alexandre qui en tiendrait rigueur à Kallistidès ? Mieux valait se taire.

« C'est aussi à ton père Hadji, Medgé, qu'Alexandre veut du mal ! s'écria une Arménienne au nez crochu. A ta place, je ne serais pas tranquille.

— Mon père Hadji ne lui a rien fait !

— Certes non. Mais l'on dit partout : Hadji n'a jamais fait tort à qui que ce soit d'un centime. Ses colliers ont le poids d'or ou d'argent convenu. C'est un honnête homme ! Quelle louange pourrait plus déplaire à Alexandre ! Ne sais-tu pas qu'on l'appelle le voleur et le faussaire, le dépouilleur des pauvres ?

— Oui, je sais tout cela. »

A ce moment, une grande rumeur monta du bazar, des cris rauques partaient de la foule. Des gens accouraient. Les ouvrières se penchèrent à une fenêtre pour écouter.

« On dit : la guerre est déclarée... Les Etats Balkaniques contre la Turquie ! »

Cette nouvelle remplit la petite assemblée de stupeur ; un grand sentiment de crainte et d'effroi assombrit les visages et troubla les cœurs.

La guerre ! chacune savait ce que cela signifiait : c'étaient les départs des frères ou des pères, la misère au logis, les impôts, les exactions du gouvernement ; Et puis, si des combats se livraient jusqu'à Salonique, ce serait le pillage, les massacres !

Et dans la salle tout à l'heure remplie de chants et d'éclats de rire, à présent un silence lourd régnait, les têtes étaient basses, et les aiguilles piquaient plus lentement les étoffes. Constantine Zigomata elle aussi se taisait et calculait toutes les pertes que cette maudite guerre allait lui causer.

Quelques heures se passèrent ainsi, puis toutes les petites ouvrières se séparèrent pour rentrer chez elles, Medgé et Hélène regagnèrent elles aussi leurs demeures.

En approchant, elles sont toutes surprises de voir un grand tumulte devant la maison de Kallistidès. Puis, elles entendent des cris, des vociférations, Hélène et Medgé pâlissent. Quel malheur est-il arrivé ? Elles avancent encore de quelques pas ?

Et elles voient la femme d'Alexandre l'Arménien, qui invective contre Kallistidès avec grossièreté.

« Voleur ! Fils de chien. Le plus fourbe des hommes. Oui, tu as beau hocher la tête et caresser ta barbe blanche, les hommes ne croiront plus à ton honnêteté ! Savez-vous ce qu'est son honnêteté, ce Grec ! C'est la fraîcheur du soleil de juillet dans le désert. Le calme du torrent après les pluies d'hiver ! »

Et la mégère s'approcha, échevelée, les poings serrés sur Kallistidès, debout sur son seuil et qui l'écarta du geste.

« Que me veux-tu ?

— Ce que je veux, Allah ! Vous l'entendez, vous tous ! Ecoutez, ce diable d'homme est venu chez mon mari tout à l'heure, et tandis qu'il le sollicitait pour lui emprunter de l'argent, le fourbe dérobait à mon mari un sac de vingt medidjé. »

Kallistidès haussa les épaules !

« Tu mens, femme, ou bien tu perds la tête.

— Comment, je mens ? Ne viens-tu pas de chez mon mari ?

— Certes, je viens de chez Alexandre pour lui emprunter de l'argent. Voici le papier, regarde, mais il est faux que j'aie volé.

— Il nie à présent ! Ah ! il n'y a pas de justice, ici !

— Bah ! cria un plaisant, Alexandre nous a tous assez volés. Il serait juste qu'on le volât à son tour. »

Et toute la foule de rire ; les gamins houspillaient la mégère qui montrait les dents et s'agitait, furieuse.

Mais Kallistidès se redressa.

« Non, je n'ai pas volé ! Tu le sais bien, ô femme. Pourquoi volerais-je, moi qui suis vieux et qui n'ai jamais rien pris à qui que ce soit. Quelqu'un a-t-il eu à se plaindre de moi ? N'ai-je pas toujours rempli vos mesures de grains ? Ai-je trompé ?

— Non ! Non, cria-t-on dans la foule.

— Alors je suis prêt à aller en justice, mais je jure que je n'ai pas volé. »

L'accent ardent de Kallistidès agit sur la foule qui l'aimait, et comme on haïssait Alexandre et sa femme, on commença à gronder, à murmurer contre elle. Mais elle ne quitta pas la place :

« Comment oses-tu dire que tu n'as pas pris, chien, le sac qui était sur la table devant mon mari, tandis qu'il tournait la tête.

— Je n'ai pas pris le sac ! »

Hélène s'approcha de son père avec Medgé. Elles avaient peur. Kallistidès les fit rentrer en s'écartant sur leur passage. Elles restèrent derrière lui à écouter, le cœur battant.

« Qu'on vienne me fouiller ! s'écria Kallistidès, on verra si j'ai le sac des medidjé. Allons, va chercher ton homme et qu'il prouve que j'ai volé. Avec lui je discuterai. Va ! »

Devant l'impassibilité de Kallistidès, l'Arménienne recula, regarda autour d'elle, comme pour chercher un appui, un soutien, mais elle ne vit que des visages qui exprimaient la rancune ou la raillerie. Alors, avec un geste de menace elle s'écria en écartant la foule :

« C'est bon, prends garde, je vais chercher Alexandre. »

Elle disparut dans le tumulte, les cris moqueurs, les quolibets.

Resté seul devant les gens qui se dispersaient, Kallistidès haussa les épaules, rentra dans sa demeure.

Hélène se jeta dans ses bras.

« Oh ! père, que j'ai eu peur !

— Et de quoi ? Qu'ai-je à craindre de cet homme !

— Il est si méchant ! murmura Medgé avec terreur.

— Mais non, petites, ne tremblez pas ainsi. Il ne peut rien contre moi. »

Et Kallistidès s'éloigna tranquillement, tandis qu'Hélène et Medgé se serraient la main, la gorge angoissée, pleines d'appréhensions qu'elles ne pouvaient définir. Elles comprenaient seulement que les mauvais jours allaient venir pour elles. Comme Hélène pleurait et sanglotait très fort, Medgé lui passa doucement le bras autour du cou et murmura :

« Petite sœur, ne pleure pas ainsi : il n'y a rien à craindre pour ton père à présent. On le connaît ici, et l'on connaît Alexandre. Mon père Hadji vous soutiendra. Et tu verras que le bonheur reviendra. »

CHAPITRE IV

LE lendemain matin, Hélène lavait des voiles dans la cour et Medgé, assise sur la pierre, enfilait des perles. Toutes deux gazouillaient à qui mieux mieux. Le soleil, le jour, avait ramené le calme et le bonheur de vivre.

« Tu sais, s'écria Medgé, cet après-midi, il faut aller nous promener près des remparts. C'est là que sont réunis les chevaux que l'on réquisitionne pour la guerre.

— Qui t'a dit cela?

— Dioubé, la fruitière!

— Oui, et nous irons voir les hommes qui s'engagent dans l'armée. Nous verrons s'il y en a beaucoup qui partent.

— Beaucoup de jeunes gens turcs se sont engagés, ils font l'exercice, là-haut près des remparts.

— Oui, écoute. »

Mais à ce moment un bruit de voix vint par la fenêtre au-dessus de leur tête. Derrière cette fenêtre devait être Kallistidès, il parlait et l'homme qui répondait était Alexandre, l'usurier.

Hélène soupira :

« Que nous veut-il encore ? »

Alexandre disait :

« Pardonne-moi, Kallistidès, toi si juste. La colère, hier, m'avait enlevé la raison et la colère avait aussi troublé le cerveau de ma femme. Voilà pourquoi elle t'injuria ainsi, toi, Kallistidès, le juste entre les justes.

— C'est bien, Alexandre, répondit Kallistidès, tout ce que tu me dis là, je l'ai déjà pensé. Qu'est devenu ton sac d'or ?

— Mon sac d'or, ô brave, ô bon Kallistidès, tu veux le savoir? Eh bien! c'était ma servante qui l'avait dérobé.

— Heu !

— Oui. Mais j'ai découvert son larcin, elle a avoué, je l'ai battue et puis je l'ai chassée de ma maison. C'est une méchante fille.

— Alors?

— Alors, ô juste Kallistidès, je viens te demander d'oublier ma colère et mes injures d'hier.

— Soit !

— Que tu es généreux, ô juste, mais souviens-toi que tu me dois encore deux cents piastres.

— Oui, je dois m'en acquitter dans six mois au moment des récoltes.

— Souviens-toi, car si tu ne pouvais me payer, ta demeure, ici, deviendrait mon bien.

— Je sais.

— Mais j'aurais bien voulu que tu me rendisses mon argent au plus vite, car la guerre est déclarée maintenant et qui sait ce qui nous arrivera.

— Ton papier me donne jusqu'à la fin d'avril.

— Oui.

— Alors, sois sans crainte, je paierai. Adieu ! »

Hélène et Medgé l'entendirent s'éloigner.

« Hum ! Cela ne me dit rien qui vaille, pensa Medgé. Pour qu'Alexandre vienne faire des excuses à Kallistidès, il faut qu'il ait quelque mauvais projet de vengeance en tête. Méfions-nous ! Pauvre Hélène ! »

Malgré tout, Medgé garda ses craintes pour elle et manifesta au contraire une vive joie de ce qui était arrivé ; elle se moqua d'Alexandre, de sa femme en furie. Elle se dressa, l'imita du geste et de la voix, en se frappant la poitrine avec violence. Hélène riait. Cependant Kallistidès venait de traverser le jardin-cour et avait sorti son âne de l'écurie. Un tout petit âne blanc, à l'allure vive et connu pour son mauvais caractère.

« Tu vas loin, père ? demanda Hélène.

— Je vais jusqu'à mes champs de vigne et d'oliviers.

— Oh ! alors, nous t'accompagnerons jusqu'aux portes de la ville. Viens, Medgé.

— Oui, et nous irons voir les nouveaux soldats faire l'exercice.

— Peut-être en reconnaîtrons-nous un !

— Peut-être.

— Allons. »

Elles suivirent le Grec monté sur l'âne

qui allait tranquillement à travers la foule qui s'agitait dans les rues.

Elles arrivèrent ainsi jusqu'aux murs de la ville et virent Kallistidès s'éloigner à présent sur son âne qui se décidait enfin à trotter. Alors les deux petites montèrent le chemin le long des murs et parvinrent à une sorte de place dénudée où l'on amenait les chevaux, des officiers turcs inscrivaient leur numéro ; c'étaient des cris, des protestations. Sous un arbre, un derviche tournait sans cesse ; plus loin, des hommes chantaient et dansaient au son nasillard d'une flûte. D'autres étaient attablés et buvaient de la limonade. Des marchandes d'amandes grillées et de pistaches vantaient leurs marchandises avec des piaillements aigus ; des enfants couraient et jouaient en riant.

Hélène et Medgé aperçurent au pied d'un mur détruit une vieille femme qui criait en tenant un jeune homme par le bras.

« Elle a dit vrai ; je le proclame. La sorcière a dit vrai. Elle m'a dit tout de mon passé, et tout de mon avenir. Et pour toi, ô fils, elle a dit vrai aussi puisqu'elle t'a promis la victoire. »

Et la femme riait, appelait les uns et les autres, indifférents et curieux qui s'arrêtaient auprès d'elle, et elle leur désignait une femme, enveloppée de voiles noirs, accroupie à terre devant une sorte de planchette où étaient amoncelés des haricots secs, quelques cailloux, des coquillages et des pièces de monnaie. C'est avec cet attirail que la sorcière disait la bonne aventure, en échange de quelques centimes.

Hélène et Medgé regardèrent avec attention la devineresse qui ne cessait de travailler. Ce fut un gros paysan turc qui passa en premier; il interrogea, on lui répondit et il parut satisfait ; il se leva avec un large sourire et en récompensant grassement la diseuse de sorts. Après, ce fut un soldat qui se retira, non moins satisfait, puis une juive à la robe bariolée, au corsage blanc vint s'asseoir à son tour et demanda mille choses intéressantes, car elle rougissait et pâlissait tour à tour ; puis, avec une sorte de cri rauque et triomphant, elle se dressa, jeta une piécette à la sorcière et disparut dans la foule.

Medgé très superstitieuse, comme toutes les Turques, ne put résister plus longtemps ; elle murmura à Hélène :

« Demandons-lui de nous dire notre avenir. Nous saurons ce que nous devons faire après. »

Hélène sourit avec doute :

« A quoi bon ?

— Mais si, il faut. Viens. »

Et déjà Medgé s'était élancée vers la femme accroupie.

« Ma bonne mère, veux-tu nous dire notre destinée à nous deux ? Je te donnerai ces petites pièces; vois, je n'ai pas autre chose, je ne suis pas riche.

— Donne ! » dit la vieille.

Les deux petites s'assirent devant la tablette et la femme commença par tripoter les haricots, ranger les pierres et les pièces de monnaie, elle en fit des petits tas et des cercles qu'elle contempla, puis elle prononça quelques mots inintelligibles et releva la tête.

« Toi, dit-elle à Medgé, ta vie est sombre pour le moment, ton père va disparaître..., mais il reviendra. Les jours s'écouleront doux pour toi.

— C'est tout ?

— Oui.

— Et moi, bonne mère, » fit Hélène.

La femme la regarda un moment, sa bouche se convulsa et elle dit d'une voix rauque :

« Malheur, malheur sur toi ! Ton père partira aussi, tu ne le verras pas durant des jours et des jours.

— Oh !

— Pour toi, c'est la ruine — et la faim !

— Oh ! mère !

— Mais les beaux jours reviendront pour toi aussi, car je vois auprès de toi quelqu'un qui te protégera.

— Ah ! »

Hélène s'était levée. Malgré tout, elle avait peur. Les paroles de la sorcière revenaient à son esprit.

« Tu ne verras plus ton père ! »

Soudain, elle saisit le bras de Medgé.

« Tu as entendu, Medgé ?

— Oui ! fit la petite d'une voix tremblante.

— Et mon père qui est parti aujourd'hui. Si je n'allais plus le revoir. Si on le faisait prisonnier.

— Mais qui ?

— Je ne sais pas, les brigands !

— Oh ! non, Hélène !

— Si on le tuait !

— Tais-toi, tais-toi n'aie pas peur, rentrons vite à la maison. Ton père y est peut-être.

— Oh ! non, pas encore ! »

— Qui sait ? Viens ! »

Et Medgé entraîna Hélène plus morte que vive. Elles arrivèrent enfin dans leur quartier où, dans une ruelle solitaire, accroupie dans l'angle d'un mur et bien dissimulée, la petite servante d'Alexandre pleurait avec des cris plaintifs, dépeignée et les joues rouges de coups et d'égratignures.

« Qu'as-tu ? demanda Medgé, toujours compatissante.

— C'est, c'est ma maîtresse, la femme d'Alexandre qui m'a battue et qui m'a chassée.

— Pourquoi ?

— Elle disait que j'avais volé un sac de dix medidjé et qu'elle avait accusé faussement Kallistidès. Qu'alors les gens s'étaient moqués d'elle et l'avaient insultée à cause de moi. Mais elle sait très bien que cela est faux et qu'Alexandre avait rangé lui-même le sac d'argent dans un coffre, quand il a accusé Kallistidès.

— Ce que tu dis est-il vrai ? demanda Hélène bouleversée.

— Oui, je le jure ! »

Et la petite étendit le bras en avant.

« Ah ? Et que vas-tu faire maintenant? demanda Medgé.

— Maintenant, je vais aller chez ma mère, et mon oncle m'emmènera à Cavalla, où je travaillerai.

— Et ta maîtresse t'a battue ?

— Oui, elle m'a griffée et battue parce qu'Alexandre lui avait donné des coups de savate avant de partir.

— Ah ! Et où est allé Alexandre ?

— Hors de la ville.

— Oh ! que voulait-il faire ?

— Voir ses vignes et celles de Kallistidès. Et puis il a parlé bas avec sa femme ; elle lui a dit que c'était dangereux et qu'il risquerait de se faire prendre et mettre en prison. Alors il a haussé les épaules en disant que la police aurait bien autre chose à faire que de s'occuper d'une disparition.

— Ah ! Et de quoi parlait-il ? » demanda Medgé, qui sentait la main d'Hélène trembler dans ses doigts.

La petite servante secoua les épaules.

« Hélas ! je ne sais pas. Mais assurément Alexandre méditait quelque mauvais coup. Il est si méchant.

— Allons-nous-en, dit tout bas Hélène. J'ai peur, je veux rentrer à la maison. »

Et sans attendre davantage elle s'enfuit tandis que Medgé faisait un geste d'adieu à la petite servante, surprise de ce départ brusque, et courait après sa compagne. Hélène entra en coup de vent dans la maison ; elle rencontra sa mère qui préparait le repas du soir.

« O mère, le père est-il rentré ?

— Non, il n'est pas l'heure encore, le soleil se couche seulement, et il ne tardera pas ? »

Hélène ne répondit rien, mais elle frissonna. « Mon Dieu ! Si la sorcière avait prédit vrai ! Si un malheur était arrivé à son père ! Si Alexandre lui avait tendu un piège ! » Mais Hélène ne voulait pas inquiéter sa mère. Elle s'assit donc sur le seuil à côté de Medgé ; les deux fillettes, serrées l'une contre l'autre, regardaient les dernières lueurs du jour mourir sur la ville. La rumeur de la vie alors parut plus intense dans l'obscurité, puis, peu à peu, les bruits se turent et l'inquiétude devint intolérable à Hélène. Tout à coup, dans la ruelle voisine calme et solitaire, elles entendirent le bruit des sabots d'un âne sur le pavé.

Les petites se redressèrent anxieuses, et voilà qu'au détour du chemin parut le petit âne, avec un gros chargement de légumes puis, marchant derrière d'un pas cadencé, vint Kallistidès qui excitait sa bête de la pointe de son bâton.

Hélène poussa un cri.

« Père ! »

Et elle s'élance dans les bras de Kallistidès, rassurée et sanglotante. Mais lui s'étonne de ces pleurs et demande :

« Qu'as-tu, Hélène ? Pourquoi pleures-tu ? »

Elle répond entre deux sanglots :

« Rien, rien ! C'est la joie. »

Et elle s'écarte pour laisser entrer Kallistidès, puis elle conduit l'âne à l'écurie accompagnée de Medgé stupéfaite et qui murmure :

« Vraiment, tu as raison, Hélène, il ne faut pas interroger les sorcières sur l'avenir. Elles ne disent que des mensonges et vous font pleurer. C'est égal je remercie Allah que ton père soit revenu sain et sauf. »

CHAPITRE V

QUELQUE temps se passa dans un calme relatif pour Hélène, Medgé et leur famille. Les nouvelles de la guerre étaient des plus incertaines. Rien de précis n'arrivait jusqu'à elles. De Périclès et d'Aristotelès l'on n'avait eu qu'une brève lettre annonçant leur arrivée à Athènes, leur incorporation dans un régiment et le départ de ce régiment pour une destination inconnue.

Aussi Hélène tremblait-elle pour ses frères. Souffraient-ils du froid, de la faim ? Avaient-ils déjà combattu ? Avaient-ils été blessés ? Quand Hélène se tourmentait et pleurait ou se lamentait sur ses frères, Kallistidès disait d'une voix calme :

« Il ne faut pas pleurer, Hélène ! C'est pour la patrie ! Prie, mais ne pleure pas ! »

Alors Hélène étouffait ses plaintes et allait confier son chagrin à sa chère Medgé, qui lui donnait de l'espoir et lui disait toujours :

« Quand la guerre sera finie, nous irons voir les danses des derviches, ou bien nous irons nous promener dans la campagne. »

Mais à présent la région n'était plus assez sûre ; on prétendait que des brigands profitaient de la guerre et de la faiblesse de la police pour rançonner ou faire prisonniers les malheureux qui s'éloignaient des villages ou des murs de la ville.

Mais un jour, les rumeurs de la guerre devinrent plus précises et plus sombres. L'on assura que les Grecs et les Bulgares approchaient de Salonique, que la ville allait être assiégée. De là, grand tourment parmi les pauvres. Un siège, c'était la ruine complète, c'était la condamnation à mourir de faim. Avec quoi acheter du pain ou du riz ?

Ces craintes s'étaient répandues dans le bazar, et l'on voyait les vieux Turcs hocher la tête, tout en fumant tranquillement pendant des heures et des heures. Un jour, on vit arriver aux portes de la ville un convoi de chars traînés par des bœufs. Dans chaque voiture étaient entassés des ustensiles de cuivre, des tapis, quelques meubles, des étoffes. A côté marchaient hommes, femmes et enfants. Ils avançaient lentement, car les bœufs et les enfants ne marchent pas vite. Ce fut un émoi dans la ville quand on vit ces malheureux, fuyant devant l'ennemi qui dévastait les campagnes. On les interrogeait : Quels étaient ces ennemis ?

L'on n'obtint que de vagues réponses. Ils ne savaient pas. Les uns avaient vu les Grecs, d'autres avaient vu les Bulgares qui avaient pillé et tué.

Alors, ce fut la panique. L'ennemi arrivait. Bientôt, il serait aux portes de la ville. Comment résister ? Comment lutter ?

Un soir, on dit : « Les Grecs sont là ! » On organisa la défense. Le lendemain quel ne fut pas l'étonnement d'Hélène et de Medgé quand elles entendirent le roulement de l'artillerie et le bruit de troupes qui défilaient. De leur fenêtre, elles virent, à leur grand ébahissement, des soldats grecs qui traversaient la ville devant les passants étonnés et prenaient position.

Il n'y eut donc aucun combat. Hélène et Medgé se demandèrent pourquoi l'on n'avait pas résisté, et Kallistidès se réjouissait de ce que les Hellènes eussent triomphé des Turcs. Le calme était toujours très grand dans la ville et n'était troublé que par les patrouilles grecques qui passaient de temps en temps et que l'on ne regardait déjà plus.

Mais voilà qu'une nouvelle rumeur circule. Les Bulgares vont aussi entrer dans Salonique.

En effet, quelques heures plus tard, on entendit encore arriver des troupes et, cette fois, c'étaient bien les Bulgares qui entraient en bon ordre devant le peuple silencieux.

Hélène et Medgé regardaient les nouveaux arrivants passer sous leur fenêtre et se rendre à un bâtiment vide où l'on allait loger les troupes et qui se trouvait près de la demeure des deux fillettes.

Soudain, elles remarquèrent, dans les derniers rangs, un jeune sergent qui marchait derrière un sous-officier à cheval, et qui portait le bras droit en écharpe. Il traînait la jambe et semblait à bout de force. Derrière lui, il n'y avait plus personne.

Au moment où il passait devant la maison de Kallistidès, le cheval du cavalier eut peur sans doute, car il se cabra, renversa l'homme et rua si malencontreusement qu'il atteignit à l'épaule le jeune blessé qui poussa un gémissement de douleur et tomba sur le seuil de Kallistidès. Cependant le cheval affolé s'était élancé en avant, tandis que le sous-officier courait, cherchant à le rattraper sans se soucier du blessé.

Medgé n'avait pas perdu un seul geste de ce malheureux. Elle poussa un cri quand il gémit.

« Oh! Hélène, regarde! »

Hélène se pencha et vit le sergent à demi évanoui et blême renversé sur le seuil.

« Le malheureux! fit-elle. Il faut le secourir.

— Je vais lui porter à boire!

— Il faudrait le rentrer?

— Oui, la nuit va venir!

— Et il aura froid!

— Il faut prévenir ton père, Hélène.

— Oui, j'y vais. »

Et Hélène courut dans la pièce voisine où Kallistidès sommeillait. Vite, elle expliqua l'accident, le suppliant d'intervenir et de bien accueillir le pauvre sergent bulgare qui devait tant souffrir et qui aurait froid.

Kallistidès ne se fit pas longtemps prier. Il était d'un naturel compatissant et hospitalier. Il se hâta donc vers le seuil, il ouvrit la porte, suivi par Hélène et par Medgé qui regardaient anxieuses.

Kallistidès aborda le Bulgare, en lui parlant grec.

« Tu souffres beaucoup, frère ? »

Au grand étonnement d'Hélène, le jeune homme répondit en grec.

« Oui, j'avais le bras cassé, en haut près de l'épaule et le cheval me l'a cassé de nouveau. Aye, aide-moi à me relever, frère.

— Voilà. »

Le jeune homme se redressa à demi, en s'appuyant sur Kallistidès ; il essaya de marcher, mais il chancela et s'affaissa de nouveau, et il serait tombé tout à fait, si Hélène, aidée de Medgé, ne l'avaient soutenu.

« Merci, fit-il, je ne puis marcher.

— Qu'as-tu encore ? demanda Hélène émue, es-tu blessé à la jambe aussi ? »

— Non, je ne suis pas blessé, mais ce matin je me suis foulé le pied ; j'ai marché quand même et maintenant je ne puis faire un pas ; je ne sais où les miens sont allés !

— Entre dans ma maison — elle n'est pas riche, frère, — mais tu pourras t'y étendre et nous te soignerons comme si tu étais mon fils, car les miens ont combattu aussi comme toi pour la Patrie.

— J'accepte, fit le jeune homme. Et il fit un effort pour avancer. Mais cet effort sans doute l'étourdit et il tomba sans connaissance dans les bras de Kallistidès.

— Bon, le voilà qui perd les sens, murmura le brave homme. Allons, mes filles, aidez-moi, il n'est point si lourd, prenez-le par les pieds... Hé là, doucement. Va avec précautions, Medgé.

— Oui, je le tiens par la jambe, son pied est libre. Tu le tiens, Hélène ?

— Oui.

— Allons. »

Et tous trois, soulevant le blessé évanoui, le portèrent dans la grande pièce qui était jadis la chambre de Périclès. Là ils l'étendirent sur le divan et on le couvrit pour qu'il eût bien chaud.

Hélène et sa mère mirent des coussins sous sa tête pour qu'il reposât mieux.

« Je vais lui donner à boire, » dit Hélène.

Elle versa de l'eau dans un gobelet du Bulgare, elle fit couler doucement un peu de liquide dans sa bouche. Naturellement le jeune homme avala de travers et suffoqua à demi ; en relevant la tête pour tousser, il ouvrit les yeux et reprit connaissance. Mais alors il fit un geste brusque et un mouvement d'épaule qui lui fit grand mal sans doute; il poussa un nouveau gémissement.

Kallistidès se tourna vers Medgé.

« Va chercher ta mère, Medgé ! Elle est savante et s'y connaît en blessures ; elle pourra secourir ce blessé et saurait remettre son bras et soigner son pied. Va.

— Oui, j'y cours. Elle viendra sûrement ».

Et Medgé se sauva, légère et furtive comme une petite souris.

Avec précautions, Hélène et sa mère redressèrent à demi le soldat, puis commencèrent par le dépouiller de sa veste, opération qui ne se fit pas sans difficulté, car le moindre mouvement était douloureux pour le malheureux.

Elle alla quérir des ciseaux et commença à tailler l'étoffe de la chemise autour de l'épaule, puis elle la fendit et le bras apparut, enflé et violacé.

A ce moment Fatima, la mère de Medgé, s'avança sur le seuil, le visage voilé. Elle salua ses hôtes et s'approcha du blessé, après avoir déposé à terre une corbeille remplie de linges, d'herbes et d'emplâtres. Medgé venait derrière elle, portant deux bouteilles pleines de baumes pour les blessures.

Fatima, commença par palper le bras du haut en bas. Quand le patient poussait un cri, elle hochait la tête d'un air entendu. Puis elle exécuta une sorte de massage lent et doux ; le Bulgare ne se plaignait plus et la regardait faire.

Comme son voile la gênait et menaçait de tomber à tout moment, Fatima l'arracha d'un geste brusque et se mit à rire.

Puis elle cessa de palper le bras blessé et chercha dans sa corbeille ; elle en tira quelques baguettes de bois mince et une sorte de planche.

« Qu'a-t-il? demanda Hélène anxieuse.

— Oh ! son bras n'est cassé qu'en un seul endroit, mais il a été engourdi par le coup de pied de cheval. Aide-moi à présent, pose la planche sous son bras, doucement, ma colombe, très bien... Là, passe-moi ce linge, appuie sur le poignet, tourne le linge plus vite, roule-le, encore une fois, très bien ! »

Le bras était bandé et maintenu. Fatima se redressa et dit à Hélène en turc :

« Demande-lui s'il souffre: »

Hélène interrogea le jeune homme :

« Non, presque plus, répondit-il. Le pied seul me fait mal. »

Alors ce fut au tour du pied à être lavé, frotté avec art. Fatima était, en effet, la plus habile guérisseuse du quartier et même de Salonique ; elle connaissait maints secrets. Quand elle eut secoué et

massé le pied avec une vigueur rare, elle l'enduisit de baume et le frotta de nouveau.

« Mets-toi debout, maintenant, » fit-elle au blessé.

Celui-ci obéit et se leva sans difficulté.

« C'est passé, fit-il. Merci, femme.

— Alors recouche-toi. Il ne faut pas marcher davantage.

— Mais mes chefs vont me chercher.

— Ne t'inquiète pas, frère, dit Kallistidès, je vais aller au campement bulgare. Là je saurai bien me faire comprendre ; je dirai que nous te soignons ici. Tu y seras mieux qu'à l'hôpital.

— Merci, frère. »

Kallistidès s'éloigna, Fatima alors versa quelques gouttes d'un liquide sombre dans un verre d'eau et le tendit à Hélène.

« Fais-le boire, pour qu'il dorme. »

Hélène donna le gobelet au soldat :

« Bois, c'est du calmant ; je veillerai auprès de toi. »

Le jeune homme obéit et resta silencieux et l'instant d'après il fermait les yeux et tombait endormi.

Fatima murmura :

« Cela va bien. Reste auprès de lui, Hélène; il va dormir pendant trois heures. Quand il s'éveillera, tu lui donneras encore de ce breuvage. Après quoi il dormira jusqu'à demain très tard. Je viendrai le soigner alors si les siens ne l'ont pas repris.

— Bonsoir, Fatima, Bonsoir, Medgé, merci.

— Veux-tu que je reste, je sommeillerai près de toi ? demanda Medgé.

— Si tu veux. »

Les deux mères s'éloignèrent, laissant les deux enfants près du blessé qui reposait tranquillement.

Elles se souriaient, heureuses d'avoir soulagé un malheureux.

CHAPITRE VI

LE blessé dormait toujours paisiblement tandis qu'Hélène et Medgé veillaient assises auprès de lui. Toutes deux étaient silencieuses, craignant de troubler son repos, mais, de temps en temps, Hélène se levait pour mettre la main sur son front et s'assurer qu'il n'avait pas la fièvre.

Une petite lampe éclairait la pièce aux murs nus et blanchis à la chaux sur lesquels se profilaient des ombres fantastiques dès que les jeunes filles faisaient le plus léger mouvement.

Peu à peu, le silence et la nuit aidant Medgé laissa tomber sa tête, puis, s'enroulant dans une grande couverture ouatée, tomba endormie au côté d'Hélène qui glissa un coussin sous la tête de sa petite amie et se leva pour aller à la fenêtre.

Pourquoi Kallistidès tardait-il tant à venir? Voici que la nuit était tout à fait close, que la ville se taisait.

Hélène passa dans la chambre du fond et, s'approchant doucement, elle vit que sa mère dormait paisiblement.

Elle avait tort de se tourmenter ainsi; Kallistidès s'était sans doute attardé au café où quelque marchand voisin et bavard l'avait retenu.

Le temps passait, un bruit lent de pas réguliers se fit entendre dans la rue. Hélène courut à la fenêtre et vit une patrouille de soldats bulgares qui assurait le bon ordre de la ville. Ils passèrent et le silence emplit de nouveau la nuit. Le blessé et Medgé dormaient toujours. « Si je pouvais sommeiller, pensait Hélène, au moins le temps passerait plus vite ! »

A ce moment, le bruit d'une marche cadencée l'attira de nouveau vers la fenêtre, cette fois c'étaient des soldats grecs qui circulaient par les rues. Oh ! cette nuit-là Salonique étaient bien gardée et les braves gens pouvaient y dormir en paix.

Pour tuer les heures, Hélène se mit à travailler à une broderie faite de perles bleues...

Ah ! cette fois, Hélène se redressa ; elle venait de reconnaître le pas de son père sur le pavé de la rue. Mais il n'était pas seul ; des hommes l'accompagnaient. De la fenêtre Hélène en compta trois : deux portaient de gros paquets, le troisième était enveloppé dans un grand manteau Kallistidès à ce moment frappa trois coups à la porte; Hélène prit la lampe et s'en fut ouvrir.

L'homme au manteau entra le premier, il détacha son vêtement et la jeune fille reconnut à son uniforme que c'était un capitaine bulgare.

C'était un homme d'une quarantaine d'années, grand, fort, portant une barbe noire coupée en carré. Il ôta sa casquette et dit:

« Montre-moi le chemin. »

Kallistidès s'empressait d'expliquer à sa fille l'arrivée inattendue du Bulgare :

« Le capitaine n'avait pas de logement et comme il voulait être près du campement, je lui ai offert les chambres du premier qui sont libres. Eclaire la route et

vous, venez », dit-il aux soldats qui attendaient encore dans la rue, chargés l'un d'un sac et d'un lit de camp, l'autre d'une malle de cuir noir.

Au moment où Hélène allait faire monter l'officier par l'escalier de bois étroit et raide comme une échelle, celui-ci demanda :

« Et le blessé ? Montrez-le-moi. Comment est-il ? »

Kallistidès conduisit le capitaine vers le sergent endormi. Le chef lui tâta le pouls et le front :

« Il est calme.

— Oh! oui, dit Kallistidès, il est aussi bien que possible, il a été bien soigné, capitaine. C'est Fatima, la meilleure guérisseuse turque qui l'a pansé et massé, maintenant il doit dormir jusqu'à demain, alors Fatima viendra le masser de nouveau ; avant peu il sera guéri.

— C'est bien, fit le capitaine, on vous récompensera. »

Kallistidès releva fièrement la tête :

« Je connais les devoirs de l'hospitalité et puisque celui-ci fut blessé sur mon seuil je me devais de le soigner. On ne me doit pas de récompense pour cela. »

Le capitaine s'inclina.

« Je n'ai pas voulu t'offenser, Kallistidès, je voulais seulement dire que notre protection t'était assurée ainsi qu'aux tiens.

— Merci, capitaine. »

Kallistidès accompagna le capitaine à l'étage supérieur et Hélène rentra près de Medgé que rien n'avait réveillée et du blessé qui commençait à s'agiter. Hélène versa dans un gobelet la potion que Fatima avait apportée, puis le fit boire au sergent qui de nouveau s'apaisa. Hélène reprit alors sa broderie de perles et attendit que son père vînt lui parler en descendant de la chambre du capitaine bulgare.

Les deux soldats qui avaient apporté les bagages de l'officier redescendirent bientôt ; ils souhaitèrent le bonsoir et partirent pour le campement.

Kallistidès parut à son tour et dit à Hélène :

« Ce sera un appui pour nous d'avoir ce capitaine : il faut lui faire bon accueil car il commande ceux qui aident les nôtres à reconquérir notre empire. Demain nous porterons des tapis dans la chambre d'en haut et des coussins pour le sofa.

— Oui, père. »

Kallistidès s'éloigna après avoir embrassé sa fille, lui avoir souhaité bonne nuit et l'avoir complimentée de son dévouement.

A ce moment le blessé s'agita de nouveau et demanda à boire ; Hélène remarqua qu'il s'était exprimé en grec.

Elle lui tendit le gobelet.

« Bois, » lui dit-elle.

Le blessé obéit et regardant Hélène :

« Tu es Grecque? demanda-t-il.

— Oui, je m'appelle Hélène, je suis la fille de Kallistidès, le marchand de grains.

— Tu es seule ?

— Non, j'ai deux frères, Périclès et Aristotelès qui sont partis pour l'armée.

— Où sont-ils ?

— Je ne sais pas! Ils étaient à Athènes, maintenant ils combattent sans doute. Et toi, comment t'appelles-tu?

— Georges Benesco.

— Tu es Bulgare?

— Oui.

— Mais tu parles grec ?

— Ma mère était une Grecque de Constantinople.

— Ah!

— Mon père était Bulgare, mais j'ai presque toujours vécu à Athènes. Je venais de rentrer au pays quand la guerre a éclaté.

— Et tu as beaucoup souffert?

— Non, jusqu'au jour où un éclat d'obus m'a cassé le bras. On m'a soigné tant bien que mal, rien n'était organisé et j'ai suivi l'armée jusqu'ici.

— C'est horrible, la guerre !

— Hélas ! oui. Mais les beaux jours reviendront.

— Tu crois ?

— Oui, et vous serez aussi heureux à Salonique avec les Grecs et les Bulgares qu'avec les Turcs.

— Peut-être !

— Mais oui, crois-le, les beaux jours reviendront.

— Je veux bien espérer. Mais à présent il faut que tu dormes sans quoi tu auras la fièvre et tu ne guériras pas.

— Oh ! si, pourvu que tu me soignes.

— Tiens, bois encore ceci. »

Hélène tendit de nouveau le gobelet au blessé qui but quelques gorgées du breuvage calmant, puis resta silencieux et finit par se rendormir.

Hélène contempla longtemps encore le Bulgare endormi en se répétant ses paroles : « Les beaux jours vont revenir ! »

Etait-ce possible ? Périclès et Aristotelès reviendraient-ils sans blessures, heureux ? Les beaux jours vont revenir ! Elle redisait tout bas ces mots qui réveillaient l'espoir en son cœur, lui rendaient la confiance et le calme, puis elle tomba à son tour endormie près de la petite Medgé en rêvant du retour encore lointain cependant.

La vie reprit son cours habituel pour Hélène et Medgé. Durant quelques jours, elles restèrent près de Georges Benesco pour le soigner ; chaque jour le mieux se faisait sentir, le jeune homme semblait bien près de guérir ; il était gai, causait avec ses petites gardes et leur apprenait des chansons turques et grecques.

Quand Georges Benesco put se lever, chaque jour il alla au campement bulgare et Hélène reprit son travail et vaqua de nouveau aux soins du ménage.

Le capitaine bulgare se montrait aussi très bon pour les Kallistidès ; il cherchait à les dédommager autant qu'il le pouvait de la peine que l'on prenait pour lui. Cela faisait enrager Alexandre et il était jaune de jalousie. Lorsqu'il pouvait se trouver seul avec Kallistidès ou qu'il le rencontrait au bazar, il ne cessait de lui dire que la présence du capitaine étranger dans sa maison ne lui attirerait que des ennuis et des malheurs. Qu'est-ce que ces Bulgares méditaient ? Et puis, comment les deux vainqueurs, Grecs et Bulgares, s'entendraient-ils pour partager leur conquête, Salonique ? Kallistidès répondait alors que cela ne le regardait pas, qu'il se mettait entre les mains de Dieu, qu'il n'avait fait que son devoir de bon hôte.

Alexandre s'en allait alors déconfit de ne pas avoir réussi à jeter le trouble dans l'âme du bon Kallistidès, et il cherchait alors à se rapprocher de Georges Benesco et du capitaine bulgare, et leur glissait à l'oreille :

« Loger chez un Grec, autant loger chez un voleur ! C'est fourbe et pillard. Méfiez-vous de ce Kallistidès : il vous dérobera tout ce que vous avez; méfiez-vous ! »

Ni le capitaine ni Georges ne prêtaient attention à ces paroles fallacieuses, mais harcelés sans cesse par l'Arménien, ils se méfiaient cependant.

Le jeune convalescent s'attachait chaque jour à Hélène qu'il trouvait si bonne, si jolie, si patiente et si parfaite ménagère. A présent il l'accompagnait parfois quand elle faisait des courses dans la ville envahie de soldats.

Les dernières lueurs du crépuscule vibraient au ciel, les rues déjà s'emplissaient d'ombre dans laquelle se perdaient les passants lorsque Kallistidès, qui fumait adossé à la porte, vit s'avancer une petite charrette traînée par un âne.

Le brave homme n'était pas d'un naturel curieux et ne s'inquiétait pas pour de telles choses : une charrette qui passe, après tout, cela n'a rien d'extraordinaire. Mais celle-ci ne passa point; le conducteur arrêta l'âne devant la porte de Kallistidès, et, s'approchant, demanda le capitaine bulgare.

Poliment, Kallistidès lui fit signe d'entrer, mais avant de se rendre à l'invitation du Grec, l'homme retourna vers la voiture, y prit un paquet assez volumineux enfermé dans un sac en poil de chameau. Vivement il revint vers le seuil, jeta autour de lui un regard méfiant qui semblait scruter l'ombre et s'engouffra dans la maison.

« Hélène ! appela Kallistidès, conduis donc cet homme près du capitaine, éclaire-le car il fait noir. »

La fillette courut chercher la lampe et, l'élevant d'un geste gracieux, elle précéda l'homme dont le fardeau semblait lourd, et l'introduisit chez l'officier qui écrivait dans sa chambre.

« C'est la cassette ?

— Oui, mon capitaine.

— Pose-la dans le coin, près du sofa. »

L'homme obéit et, dans le mouvement qu'il fit pour mettre le paquet à l'endroit désigné, son manteau s'écarta et la jeune fille vit qu'il portait l'uniforme bulgare.

Les deux hommes échangèrent encore quelques paroles brèves, l'officier remit un papier à son subordonné qui, précédé d'Hélène, s'en fut après avoir salué militairement.

Il renouvela ce geste de politesse devant Hélène et Kallistidès réunis sur le seuil, puis il prit le petit âne par la bride et disparut dans la nuit.

Cette visite inattendue intriguait Hélène, elle aurait bien voulu questionner son père, mais le brave Grec n'était pas bavard plus qu'il n'était curieux.

« Il est tard, dit-il simplement, va vite te reposer, mon enfant. »

Il alla regarder une fois encore si l'huis était bien clos, puis il s'en fut silencieux et la cassette mystérieuse ne fut pas sans empêcher longtemps Hélène de s'endormir, ni sans troubler son sommeil.

Le lendemain, de bonne heure, intriguée toujours, elle conta l'aventure à Medgé et toutes deux cherchèrent ce que pouvait bien contenir le paquet apporté nuitamment chez le capitaine.

« Après tout, dit-elle enfin, ce ne sont peut-être que des provisions que lui envoie sa mère ou sa femme.

— Mais non, assura Medgé, le paquet se serait perdu en route ; on ne sait pas où sont les soldats pendant la guerre. »

Elles firent bien des suppositions, pensèrent à un trésor précieux que possédait le capitaine, à un talisman protecteur des armées, à un objet saint dérobé pendant un pillage.

Lasses de chercher elles se séparèrent et Hélène promit à Medgé qu'elle s'informerait et la mettrait au courant du secret, car sûrement il y en avait un. La jeune curieuse ne devait pas tarder à le connaître. A peine était-elle rentrée à la maison et s'était-elle mise à broder près de son père, que l'officier bulgare descendit. D'un geste automatique il porta la main à sa large casquette :

« Salut ! Kallistidès, dit-il, puis il adressa un bon sourire à Hélène qu'il appelait « porteuse de lumière », car, dès qu'il faisait nuit, on la voyait une lampe à la main éclairant tous ceux qui s'en allaient ou guidant l'officier le long de l'escalier étroit et raide à donner le vertige.

« Kallistidès, dit l'officier en baissant la voix, on a apporté ici, hier soir, un coffre qu'en mon absence je confie à ta garde.

— Merci de la confiance, répondit le Grec avec fierté.

— C'est, reprit l'officier, une parcelle de notre trésor de guerre. Ce coffre renferme dix mille piastres destinées à la nourriture des hommes et des bêtes. Il est déposé là-haut dans un coin de la chambre, entre le sofa et le mur. Qu'on jette dessus quelques coussins pour le dissimuler et veillez bien en mon absence. Du reste la maison n'est jamais vide et Benesco n'ayant pas encore repris son service est presque toujours ici, ainsi il n'y a pas de danger. »

Rassuré, l'officier prit congé, mais dès qu'il fut parti, le Grec, devant sa femme et sa fille, ne cacha pas ses craintes, avivées encore par la vieille aveugle qui voyait tous les malheurs découler de l'arrivée de ce coffre plein d'or.

Hélène ne se dissimulait pas qu'elle ferait mal de divulguer le secret de l'officier, mais elle avait promis de le confier à Medgé, ce secret, et lorsque sa petite amie vint la rejoindre sous prétexte de lui montrer un dessin de broderie, elle ne put résister aux regards anxieux que posaient sur elle les jolis yeux de la jeune Turque.

« C'est de l'argent, dit-elle avant même que d'avoir été interrogée. Beaucoup d'argent pour nourrir les soldats bulgares, leurs chevaux et leurs ânes. Promets-moi, Medgé, que tu ne le diras pas.

— Tu sais bien que je suis capable de garder un secret, surtout celui-là, car il y a tant de gens qui profitent de la guerre pour voler.

— Mais la maison sera bien gardée ; nous, nous ne sortons guère, ma mère et moi, et Georges Benesco, qui est en convalescence, est presque toujours là, il n'y a pas de danger ».

Et les deux petites se mirent à bavarder, puis à chanter sans plus penser à l'or bulgare caché au-dessus d'elles sous une pile de coussins. La présence de Benesco rassurait Kallistidès, qui avait tout d'abord été terrifié à l'idée de sa responsabilité.

Comme ils auraient tremblé cependant, tous ces braves gens, s'ils avaient vu la veille, tandis que le soldat bulgare apportait le coffre rempli de piastres, une ombre glisser le long des murs, des yeux ardents et sournois suivre, par la porte restée entr'ouverte, la montée d'Hélène suivie du porteur dans l'étroit escalier. S'ils avaient vu le sourire infernal et joyeux d'une face brune au nez crochu et s'ils avaient

L'HOMME PRIT DANS LA CHARRETTE UN PAQUET ASSEZ VOLUMINEUX ET LE TRANSPORTA DANS LA MAISON

vu cette ombre s'évanouir dans la nuit.

Mais ils n'avaient rien vu, et l'or bulgare semblait en sécurité dans la maison de l'intègre Kallistidès sous la garde d'une femme pieuse, d'un jeune soldat qui renaissait à la vie et de deux fillettes qui brodaient en gazouillant comme des oiseaux.

CHAPITRE VII

L'OMBRE qui avait suivi dans la nuit les allées et venues du soldat apportant la cassette bulgare chez Kallistidès n'était autre que celle d'Alexandre qui surveillait sans cesse la maison du Grec, et qu'avait attiré l'arrivée de la charrette apportant le précieux fardeau.

Il avait reconnu l'uniforme du porteur, il s'était informé discrètement des fonctions du capitaine bulgare descendu chez Kallistidès et, sa petite enquête terminée, il lui avait été facile de conclure que la cassette renfermait de l'or destiné à l'entretien des troupes. Que n'eût pas fait Alexandre pour se procurer un peu de cet or qui était sa passion, son culte ? La première idée qui lui vint fut de réclamer l'argent prêté à Kallistidès, puis, sachant que le Grec n'était pas en mesure de le rembourser, de le corrompre en le poussant à voler le capitaine bulgare.

Kallistidès fumait paisiblement ; Hélène faisait un collier de perles multicolores en chantant un refrain mélancolique lorsque l'Arménien arriva chez eux.

La vue de cet homme, toujours courbé comme s'il voulait se dissimuler, troubla quelque peu la quiétude du Grec et fit passer une ombre d'inquiétude sur le visage ambré de la jeune fille.

« Bonjour, honorable Kallistidès, dit Alexandre.

— Bonsoir, Alexandre, répondit simplement le Grec. Quel événement me vaut l'honneur de ta visite ?

— Nul événement, répondit Alexandre sur ses gardes, je voulais savoir si tu n'as pas reçu des nouvelles de tes fils.

— Aucune.

— Tu sais que les Grecs sont en train de se couvrir de gloire ?

— Je le sais ; comment en serait-il autrement quand on a leur passé ?

— C'est vrai. Du reste, les ennemis de la Turquie triomphent de toutes parts. Les Bulgares sont à Salonique comme chez eux, et tu loges deux des leurs.

— Je donne l'hospitalité à ceux que m'envoient les hasards de la guerre.

— Hum ! Les hasards !

— Naturellement !

— Alors, Kallistidès, bénis le hasard qui envoya chez toi un officier bulgare dépositaire d'une cassette pleine d'or. »

L'assurance d'Alexandre donna le frisson à ses deux auditeurs. Comment savait-il qu'on avait apporté une cassette et qu'elle contenait de l'or ?

Sans attendre une réponse, l'Arménien reprit :

« Oui, Kallistidès, juste Kallistidès, bénis ce hasard, car l'or, c'est la joie de la vie, c'est le don le plus merveilleux que les hommes aient reçu des dieux qu'ils adorent.

— Mais cet or n'est pas à moi, reprit Kallistidès dignement.

— En temps de guerre, l'or n'est à personne, il est à tout le monde, c'est pour cela que le Ciel permet ce terrible fléau. Cet or est chez toi, et tu n'en profiterais pas pour payer tes dettes ?

— Pour payer ce que je dois, répondit Kallistidès, je compte sur l'aide de Dieu qui bénira la récolte.

— Comptes-y si tu veux, mais moi je n'y compte pas ; il n'y a pas de récoltes où passent les hordes ennemies, le blé ne germe pas sous le pas des chevaux qui mangeront tout ce qui poussera sur les ceps. La guerre, c'est la ruine pour ceux qui ne savent pas en tirer profit... Le Bulgare est au camp, monte chez lui et va y chercher ce que tu me dois.

— Jamais ! répondit Kallistidès, frémissant.

— Viens, je monterai avec toi. »

Alexandre faisait un pas, mais, à ce moment, Hélène se dressa devant lui ; de ses bras grands ouverts, elle barrait la porte qui conduisait vers l'escalier. L'Arménien eut un petit ricanement ; il était sûr, à présent, que la cassette contenait de l'argent et qu'elle était chez l'officier bulgare.

« Tu as tort, dit-il encore, revenant vers Kallistidès. Qu'est-ce que quelques piastres sur le trésor de guerre d'un peuple ? Allons, décide-toi !

— Je paierai quand viendra l'échéance, répondit le Grec.

— L'échéance? Elle est proche, penses-y bien ; si tu ne peux payer, ta maison, tes champs, tes vignes seront à moi. Et cette petite fleur — il désignait Hélène — deviendra la femme de mon fils. Elle sera de cette race d'Arménie que tu détestes, et mon fils est vilain et bossu, ce qui ne plaît guère aux filles. »

Et le bonhomme eut un rire affreux qui emplit toute la pièce et terrifia Hélène.

« Va-t'en ! Hors d'ici, bête malfaisante ! cria Kallistidès en poussant Alexandre vers la porte.

— Je m'en vais, je m'en vais, honorable Kallistidès. Je ne voulais pas te pousser au mal, tu le sais bien.

— Va-t-'en ! »

Alexandre eut un regard haineux et s'écria :

« C'est peut-être la chance que tu chasses de ta maison.

— Non, c'est l'infamie que j'empêche d'y entrer ! »

Les paroles du Grec n'eurent point d'auditeur. L'arménien était déjà loin ; il avait l'art de disparaître.

Hélène et son père rentrèrent chez eux.

« Ne dis rien de tout cela, petite, dit Kallistidès, et redoublons de vigilance. »

Hélène promit, reprit sa place, ses perles et ses chansons.

Deux jours paisibles s'écoulèrent dans la maison du Grec. Le soir du second jour, Kallistidès, sa femme, Hélène et Benesco étaient réunis, le capitaine était au camp lorsque arriva la femme d'Alexandre.

« Bonsoir, dit-elle. Alexandre est encore venu ici, il y a deux jours, il n'a pas voulu me dire pourquoi. J'espère, Kallistidès, qu'il n'a rien fait pour te contrarier. Nous avons eu quelques petits ennuis, des malentendus plutôt, mais à présent, il faut vivre en bons voisins. J'apporte des bonbons que j'ai faits pour Hélène. »

Anna, messagère de paix, avait, en effet, la réputation d'exceller dans la confection de ces friandises ; en les mangeant, on croyait croquer des fleurs, et Kallistidès les appelait les bonbons de l'Hymette. Et il faut bien avouer que ces petites gourmandises faisaient oublier au Grec ses démêlés avec l'Arménien ; on aurait pu les baptiser les bonbons de la concorde.

Au moment où Anna allait offrir le petit sac qu'elle tenait toujours dans sa main, des coups violents furent frappés à la porte. Tous se regardèrent avec inquiétude, puis Hélène, prenant la lampe, s'en fut vers la porte et demanda :

« Qui vient si tard ? »

Une voix d'enfant répondit :

« Je viens dire au sergent Benesco qu'il doit aller tout de suite au camp bulgare. »

Hélène fit rentrer le gamin qui refit la commission à Benesco lui-même.

« C'est très pressé, ajouta le petit.

— Attends-moi, dit Georges.

— Non, il faut que je m'en aille, mon père m'attend et je demeure loin. »

Et, sans qu'on eût le temps de le questionner davantage, il s'en fut.

Benesco s'enveloppa dans son manteau, prit congé de ses hôtes et sortit.

« Veillez bien, recommanda-t-il à Hélène.

— Ne craignez rien, la cassette bulgare est en sécurité chez Kallistidès. »

Confiant, le jeune homme s'en fut dans la nuit.

« C'est malheureux, dit Anna à Hélène lorsqu'elle rentra, ce jeune homme n'aura pu goûter à mes bonbons. »

Elle en offrit à Kallistidès, à sa femme, à l'aïeule et à la jeune fille, leur recommandant cette sorte nouvelle, bien supérieure aux autres. Elle causa encore quelques instants des tristesses de la guerre, puis s'en fut, laissant le sac de friandises et accablant ses voisins de politesses et de bénédictions.

« Il est tard, dit Kallistidès à Hélène, je suis fatigué, ta mère commence à dormir ; nous allons te souhaiter bonne nuit. Monte là-haut et veille jusqu'au retour de Benesco ou du capitaine. »

Hélène prit la lampe, sa broderie et monta dans la chambre où était caché le trésor bulgare confié à ses soins...

Elle brode sans entrain et, pour ne pas succomber au sommeil, elle pense à Benesco, parti dans la nuit, à ses frères qui se battent sans doute vaillamment, aux belles histoires grecques que lui conta son père, aux héros presque dieux qui immortalisèrent son pays, puis, comme ces prestigieux souvenirs ne chassent pas le sommeil, elle mange un bonbon, car elle a pris soin d'apporter le sac laissé par Anna. Elle pense encore à bien des choses qui se brouillent, se fondent dans les brumes de sa pensée, puis elle se penche sur son métier... La petite gardienne du trésor bulgare est partie pour le pays des songes.

Rien ne trouble le silence de la nuit qu'aucun astre n'illumine. Parfois, on entend le bruit d'une patrouille qui traverse la rue calme et s'éloigne, le cri lointain d'une sentinelle, le chant des heures, puis le silence reprend de nouveau possession de la ville endormie, oublieuse un instant des terreurs de la guerre.

Près de sa lampe dont l'éclat faiblit, Hélène dort et n'entend pas le bruit léger qu'on vient de faire auprès d'elle. Elle dort si profondément qu'une présence à ses côtés ne l'éveille pas. Cependant, une forme humaine, enveloppée d'un grand manteau, la tête couverte, s'avance à pas feutrés, passe près d'elle, la regarde, scrute la pièce dont les angles sont pleins d'ombres, avise le sofa et, tout à coup, s'y agenouillant, bouleverse les coussins sous lesquels repose la cassette.

Cette forme humaine, qui s'agite fébrilement, laisse échapper un cri de triomphe étouffé. Des mains avides ouvrent l'enveloppe en poil de chameau, des bras maigres, mais vigoureux enlèvent la cassette ; ils la tiennent, la serrent comme une prisonnière, mais semblent la caresser, conscients qu'elle renferme un trésor. Puis le voleur s'en va, doucement, comme il est venu, libre dans la maison où règne un sommeil semblable à la mort.

Le jour commençait à poindre et jetait sur les choses une clarté livide lorsque le sergent Benesco regagna la demeure de Kallistidès.

Il avait couru au camp, s'était informé partout pour savoir sur quel ordre on était venu le chercher ; il avait parlementé et avait fini, très tard, harassé de fatigue, par trouver le capitaine qui s'était écrié en le voyant :

« Malheureux ! Que faites-vous ici ?

— Mon capitaine, un jeune Turc est venu, ce soir, me chercher chez Kallistidès en me disant que je devais me rendre immédiatement au camp. J'ai pensé que l'ordre venait de vous. Nul officier de ma compagnie ne m'a fait demander.

— Retournez vite à Salonique, je crains quelque mauvaise surprise. Avez-vous recommandé qu'on veille ?

— Oui, mon capitaine.

— Allez, et ne perdez pas de temps ; je rentrerai dans une heure. »

En proie à une vive inquiétude, Benesco était revenu à Salonique.

Il allait doucement, pour ne pas réveiller ses hôtes, montant sur la pointe des pieds l'escalier faiblement éclairé par la lueur grise de l'aube.

Lorsqu'il pénétra dans la chambre du capitaine, il vit tout d'abord Hélène, dormant toujours près de la lampe qui charbonnait et crépitait, et son cœur s'emplit d'admiration et de reconnaissance pour cette gracieuse enfant qui veillait courageusement pour les alliés de son pays. Puis Benesco jeta un coup d'œil autour de lui ; vaguement il distingua le désordre du sofa jonché de coussins ; il courut à la cassette et ne trouva plus que le sac qui l'avait contenue.

Il sentit son front se couvrir de sueur ; sa gorge si serrée qu'il ne pouvait appeler. Il restait là, hébété, le sac vide entre les mains. Dans un mouvement qu'il fit, son pied heurta un objet qu'il ramassa, c'était une babouche. Il courut à la fenêtre pour l'examiner et reconnut avec stupeur une des babouches de Kallistidès. Affolé, il vint vers Hélène qui dormait toujours.

« Hélène ! Hélène ! appela-t-il, réveillez-vous, on nous a volés ! »

La jeune fille ne répondit pas ; il lui prit le bras et, la secouant violemment, il appela de nouveau :

« Hélène ! »

La petite ouvrit de grands yeux étonnés, regarda Benesco sans avoir l'air de le reconnaître et allait se rendormir encore. Le sergent la secoua de nouveau et lui dit durement :

« Pourquoi n'avez-vous pas veillé sur la cassette ?

— La cassette ?... »

Elle avait l'air de ne pas comprendre.

« Oui, reprit le Bulgare, la cassette que je vous avais confiée et qu'on a volée. »

A ce mot, la pauvre fille parut reprendre ses sens, elle appuya sur son front sa main tremblante pour rappeler ses souvenirs. Elle vit la lampe, sa broderie, les bonbons d'Anna. Elle avait veillé... Alors, que lui reprochait-on ?

« Qui est entré ici pendant la nuit ?

— Personne.

— Où est la cassette ? »

Hélène se tourna vers le sofa et, devant

le désordre de la chambre et le désespoir de Benesco, elle comprit enfin.

Le Bulgare la pressait de questions auxquelles elle ne pouvait répondre. Elle était montée après le départ d'Anna, elle avait brodé, puis, vaincue par la fatigue, elle s'était endormie ; elle n'avait rien vu, rien entendu.

Benesco, que partageaient sa colère et la sympathie qu'il avait pour la jeune fille, l'entraîna dans l'escalier ; il fallait réveiller Kallistidès, s'informer.

On trouva Kallistidès et sa femme profondément endormis.

« Réveillez-vous ! cria Benesco, la cassette a disparu ! »

De toutes ses forces, il secouait le malheureux Grec qui s'éveilla enfin, se frotta les yeux et regarda avec ahurissement sa fille et le Bulgare, ne comprenant rien à ce réveil bruyant auquel la vieille aveugle, tirée de son sommeil, mêlait ses lamentations.

« Mais réveillez-vous donc ! Qu'est-ce que vous avez tous à dormir de la sorte ? Entendez-vous ? On a volé la cassette !

— Comment, volé !... Qui ?

— Est-ce que je le sais ! Allons, venez ! »

Et le jeune homme entraînait Kallistidès, à demi vêtu, que suivit bientôt sa femme, échevelée et tout en larmes.

Tous remontèrent dans la chambre de l'officier où, devant le désastre, le Grec s'arracha les cheveux de désespoir.

« Mais on trouvera le voleur, criait-il, on aura des preuves, il aura laissé sa trace !

— Il n'a laissé que cette preuve-là ! »

Et Benesco montra à Kallistidès la babouche qu'il avait trouvée et posée sur la table, puis il regarda le Grec dont un seul pied était chaussé d'une babouche semblable.

« Mais oui, c'est à moi... bien à moi, gémit-il. Comment est-elle ici, cette babouche ? Je l'ai quittée hier soir en me couchant.

— Mais moi je l'ai trouvée ici tout à l'heure, en constatant que la cassette avait disparu et que vous dormiez tous », dit Benesco, avec un accent sévère qu'on ne lui connaissait pas.

Kallistidès et Hélène protestèrent de leur bonne foi, mais le malheureux Benesco n'entendait rien. La maison était pleine des gémissements que poussait la pauvre Mme Kallistidès.

C'est au bruit de ces lamentations que le capitaine pénétra dans la maison. Il n'eut pas de peine à comprendre, car le message mensonger qui avait appelé Benesco au camp lui avait fait pressentir le vol.

Son arrivée mit le comble au désarroi ; le Grec voulut s'expliquer et sa femme gémit de plus belle ; il fallut la renvoyer.

« Que voulez-vous ? dit le Bulgare à Kallistidès ; il n'y a pas eu meurtre, pas d'effraction. Vous et les vôtres étiez plongés dans un sommeil rien moins que suspect ; on trouve votre babouche près du sac vide et des coussins bouleversés ; je ne peux vraiment pas, jusqu'à nouvel ordre, accuser un autre que vous.

— Mais ce n'est pas moi ; je suis honnête !

— On verra ! On verra ! »

Le capitaine était déjà descendu dans la rue qui commençait à s'emplir de ce bruit incessant des villes orientales, augmenté encore de celui de la guerre. Peu d'instants après, il revenait, accompagné de quatre soldats en armes.

« Emparez-vous de cet homme ! » commanda-t-il.

De nouveau, Kallistidès protesta de son innocence.

« La vérité se saura !

— Dieu vous entende ! Donnez-moi au moins le temps de me vêtir », demanda pitoyablement le Grec.

On lui accorda ce qu'il demandait, puis il prit congé de sa femme qui pleurait ; il embrassa Hélène dont les larmes silencieuses l'attendrirent.

« Prends courage, mon père, lui dit-elle. Le voleur n'est sans doute pas loin, je te promets que nous le découvrirons.

— Dieu t'entende et te bénisse, mon enfant ! »

La porte s'ouvrit et, dans la belle clarté du jour naissant, le juste, l'intègre Kallistidès franchit son seuil, entouré de soldats comme un malfaiteur.

Tous les voisins étaient dans la rue, il y avait foule près du bazar, et chacun commentait l'événement, mais personne ne songeait à accuser le Grec.

Comme le groupe formé par les soldats et le prisonnier se mettait en marche, Alexandre apparut et, voyant Kallistidès, s'écria :

« Comment, Kallistidès, tu t'en vas ? Et mon argent ? Qui va me payer ? C'est la ruine ! »

Et tandis que le groupe s'éloignait, il se lamentait, pleurait son argent perdu, ce qui amusait la foule qui se dispersa enfin, et Alexandre rentra chez lui, l'air désolé, en levant les bras au ciel.

Lorsque son père fut parti, Hélène donna libre cours à sa douleur. Benesco, auteur involontaire de l'arrestation de Kallistidès, tentait timidement de la consoler.

« Mais enfin, lui demanda-t-elle, où l'emmène-t-on ?

— Au camp bulgare.

— On ne lui fera pas de mal ?

— Aucun, soyez-en certaine ; on le soupçonne, mais on n'a pas de preuve.

— Quelles preuves aurait-on ? Il n'est pas coupable, j'en suis sûre ! »

Il y avait tant de sincérité dans les paroles et dans les regards de la jeune fille que Benesco répondit :

« Je vous crois, et je vous aiderai à le sauver. »

Et les paroles du jeune homme apportèrent un rayon d'espoir à la pauvre enfant qui n'osait avouer les soupçons qu'elle avait ni la visite que, deux jours auparavant, leur avait faite Alexandre. La présence de Benesco la rassurait, et sa promesse lui donnait foi en l'avenir.

CHAPITRE VIII

Dès qu'elle eut connaissance de l'arrestation de Kallistidès, la petite Medgé vint voir Hélène et lui prodigua mille caresses gentilles pour la consoler. Elle se fit raconter toute l'histoire sans en omettre un détail et, curieuse, elle demanda :

« Ah ! Anna vous a donné des bonbons ?... Comment sont-ils ?

— Roses et délicieux.

— Montre-les-moi !

— Tiens, prends-les, je te les donne ! » dit Hélène, en tendant le sac à sa petite amie.

Medgé prit le sac, mais se garda bien de toucher aux friandises qu'il contenait. Elle se contenta de les empocher, car elle avait sa petite idée, Medgé ; la perspicacité d'un détective venait de s'éveiller en elle : le sommeil de la famille Kallistidès, la nuit du vol, lui semblait une chose bien extraordinaire, et elle faisait, dans son imagination, un rapprochement entre cet inexplicable et profond sommeil et les bonbons d'Anna.

Après avoir prodigué ses tendresses à Hélène, elle la quitta, prétextant une course à faire, et promit de revenir bientôt.

Or, la petite Medgé n'avait point de course à faire ; elle s'en fut dans un quartier lointain, chez des gens qu'elle connaissait : une vieille femme, sa fille et sa petite-fille, toutes trois brodeuses comme elle.

Lorsqu'elle arriva chez ses amies, la fillette et la grand'mère étaient seules à la maison ; la mère était sortie pour reporter de l'ouvrage et faire quelques achats en ville. Allah semblait donc favoriser les projets de Medgé.

La petite parla beaucoup, raconta les histoires de son quartier, puis elle offrit des bonbons aux deux femmes qui travaillaient. Elle ne tarda pas à s'apercevoir qu'elle parlait presque seule, que ses compagnes lui répondaient par monosyllabes, puis cessèrent de lui répondre et de broder, profondément endormies. La petite Medgé savait ce qu'elle voulait savoir ; elle cacha les bonbons qui restaient et s'en fut, laissant les dormeuses ; plus tard, on verrait à s'expliquer, s'il y avait lieu.

Puisque les bonbons d'Anna endormaient, c'est donc qu'elle avait secondé les projets de son mari, donc il était le voleur ; de cela, notre jeune détective était sûre. Ce qu'il fallait, c'était le prouver, et cela lui parut de beaucoup le plus difficile de sa tâche.

Elle ne pouvait, elle, presque une enfant, s'attaquer à cet Alexandre rusé et redoutable. Elle retourna près d'Hélène, mais ne lui parla ni de ses soupçons, ni de son expérience sur ses amies turques, mais tout le jour elle pensa au moyen de démasquer le voleur.

Elle y pensait encore le soir, dans sa chambre, en contemplant un cimetière turc voisin de la maison. Le ciel n'était pas très limpide, mais la lune éclairait l'étendue du cimetière dans lequel se dressait le jet sombre des cyprès dont l'ombre s'allongeait démesurément sur le sol.

Un bruit, venu du cimetière, fit tressaillir Medgé qui se pencha pour mieux voir. Frémissante, apeurée, mais courageuse, elle regarda et vit un homme qui creusait un trou au pied d'un arbre et enfouissait une sorte de boîte qui semblait lourde et sur laquelle la lune accrochait des reflets.

Cet homme qui se cachait pour se livrer à sa besogne mystérieuse, cette lourde boîte et qui luit, tout cela éveille des soupçons dans l'esprit de Medgé. Serait-elle sur la piste du voleur de la cassette bulgare ?

Elle regarde toujours. L'homme a rejeté de la terre, il a piétiné le sol autour de l'arbre, puis il est parti sans que Medjé puisse mettre un nom sur cette ombre dans la nuit. On n'entend plus au loin qu'un bruit venu du camp, le hurlement d'un chien, et Medgé se couche et s'endort.

Le lendemain, notre petite détective se leva, résolue à découvrir la solution de l'angoissant problème, et s'en fut, pendant que tout le monde était au marché, jusqu'au cimetière turc qu'elle trouva désert.

Sans peine, en regardant de loin le toit de sa maison et en comptant les cyprès, elle arriva au pied de celui qui cachait la boîte mystérieuse. Le soleil avait un peu séché la terre, mais on voyait cependant qu'elle avait été fraîchement remuée.

Medgé s'assura que personne ne rôdait pour l'épier et, de ses petites mains, avec une ardeur farouche, elle se mit à creuser. Ah ! elle avait bien chaud, la pauvre Medgé, mais la pensée de sauver son vieil ami Kallistidès lui donnait du courage, et peut-être aussi donnait-elle satisfaction à son instinct policier qui n'allait pas sans quelque orgueil.

Après bien des efforts qui animèrent son teint basané et firent perler la sueur à ses tempes, Medgé sentit enfin la boîte mystérieuse dont elle mit à jour le couvercle. Elle voulut la soulever, mais ses petits bras n'en avaient pas la force : elle voulut l'ouvrir, mais le coffre était fermé à clé, et Medgé en ressentit une grosse déception. Elle aurait tant voulu savoir, être sûre que l'or dérobé au capitaine bulgare était là, entre ces parois de métal.

Impuissante à soulever le coffre ou à l'ouvrir, elle le recouvrit hâtivement de terre et s'en fut à la maison de Kallistidès. Elle comprenait la nécessité de ne point laisser ce trésor passer la nuit sous le cyprès.

Elle trouva Hélène qui brodait, en proie aux plus tristes pensées, en compagnie de Benesco qui souffrait encore de son bras.

« Qu'as-tu ? demanda tout de suite Hélène, en voyant l'air agité de la petite. Quelque mauvaise nouvelle ?

— Mais non, une bonne, peut-être ! Comment est la cassette qu'on a volée à l'officier ?

— En acier, répondit Benesco ; le couvercle est muni d'une poignée.

— Eh bien ! je crois que je l'ai retrouvée !

— La cassette ! s'écria le jeune homme en se levant d'un bond joyeux.

— Oui, venez avec moi, ou plutôt, non, ne sortons pas ensemble, mais venez me retrouver dans le petit cimetière turc, derrière ma chambre. Prenez un manteau pour cacher la trouvaille si nous pouvons la rapporter. »

Sans en dire plus long, Medgé disparut et retourna au cimetière. Derrière elle, Benesco sortit, prit une petite ruelle, une autre encore et fit un grand détour pour ne pas éveiller la curiosité des gens. Hélène s'en alla, portant un petit paquet qu'on devait prendre pour de la broderie. Lorsque les trois amis furent au pied du cyprès, ils eurent tôt fait de mettre la cassette à jour, et le jeune Bulgare eut un cri de triomphe en revoyant le bienheureux coffret. Il fut persuadé, en le soulevant, qu'on n'avait pas eu le temps de l'ouvrir et, d'un bras vigoureux, il l'enleva. On jeta le manteau sur son épaule et l'on revint en ayant soin de ne point passer devant la maison d'Alexandre, dont chacun se méfiait.

La brave Mme Kallistidès, que l'on n'avait point mise au courant de l'expédition, car elle n'aurait pas manqué d'aller le dire au bazar, poussa, en voyant la cassette, des cris de joie à ameuter le quartier ; la pauvre femme ne savait pas manifester sans excès ses moindres émotions et, tout de suite, elle voulut courir chez Alexandre. On eut toutes les peines du monde à l'empêcher de mettre son projet à exécution.

La maison était bruyante comme une ruche lorsque arriva le capitaine bulgare. Tous se précipitèrent vers lui, lui annonçant à grand renfort de gestes, en turc, en grec et en bulgare, que la cassette était retrouvée. Il courut vers le coffre et eut, en le revoyant, une émotion muette qui se peignit sur ses traits durs. Il tira d'une de ses poches la clé, ouvrit la boîte de métal où tout l'or apparut. Il est évident qu'on n'y avait point touché, et cette constatation redoubla la joie générale. Mme Kallistidès riait et pleurait de la façon la plus comique, et elle offrit des petits gâteaux doux et parfumés dont la confection était son unique gloire ménagère.

Le bonheur d'Hélène se manifesta tout de suite par la pensée de son père injustement prisonnier et, joyeuse, elle demanda tout de suite à l'officier :

« Capitaine, vous allez me ramener mon père ? »

Le visage du Bulgare, qu'avait détendu la joie, s'assombrit de nouveau, se crispa même douloureusement.

« Oh ! Dieu ! dit la jeune fille en le regardant, il est arrivé malheur à mon père ! »

Consterné, l'officier restait muet.

« Répondez-moi, je vous en prie... Où est-il ?

— Je n'en sais rien, dit enfin le capitaine. Kallistidès était au camp, mais il jouissait, n'étant pas condamné, d'une certaine liberté ; il a disparu la nuit dernière. Ne vous alarmez cependant pas à tort. Craintif, quoique innocent, frappé par le soupçon qui pesait sur lui et craignant de voir se prolonger l'erreur, il a préféré fuir ; il est probablement dans la montagne. »

Mme Kallistidès, qui arrivait à ce moment avec des rafraîchissements qu'elle était allée chercher, fit recommencer le récit du capitaine et, de nouveau, ses lamentations éclatèrent.

Il fut convenu qu'on allait se mettre à la recherche du Grec, mais il était évident que trouver le voleur de la cassette était ce qui préoccupait le plus le capitaine qui, après avoir chaudement félicité la petite Medgé, courageuse et rusée, ne s'occupa plus que de tendre un piège au coquin.

Il était évident qu'il reviendrait chercher son précieux dépôt, et que ce serait la nuit ; il fallait donc veiller.

Sous bonne escorte, le capitaine fit emporter la cassette qui ne paraissait plus en sûreté dans la maison du Grec qu'il fit surveiller, car, souvent, les femmes y demeuraient seules. Le soir venu, le capitaine, suivi de son ordonnance et de Benesco, se mirent en route pour le cimetière turc, guidés toujours par la petite Medgé dont les hommes appréciaient le flair policier.

La nuit était sans lune, mais il n'était guère possible d'y pénétrer sans appeler l'attention et y faire mouvoir une ombre qui pouvait paraître suspecte. Les trois hommes, drapés dans leurs manteaux, et la petite Medgé, enveloppée d'un châle sombre, se glissaient contre les murs des ruelles, comme des gens qui vont faire un mauvais coup.

La petite se faufila d'abord seule dans le cimetière ; elle se coulait dans la nuit, entre les tertres minuscules de l'enclos ; elle s'arrêtait, épiant autour d'elle, à l'abri des cyprès auxquels son corps frêle semblait s'incorporer. Tremblante, appuyée au fût d'un arbre que ses petites mains serraient fort, elle vit une ombre se mouvoir dans la nuit, se pencher vers la terre, se redresser, écouter, puis se courber de nouveau. Elle compta les cyprès et reconnut que l'ombre était bien au pied de celui qui avait abrité la cassette. Le voleur était là, tout près d'elle, et la petite Medgé sentait son cœur battre si fort qu'elle croyait en entendre le bruit dans la nuit. Mais elle était courageuse et pensait déjà au moyen de redescendre jusqu'à la ruelle afin de prévenir les hommes qui montaient la garde lorsqu'un bruit de dispute s'éleva dans le silence. Ce bruit semblait venir de la porte du cimetière. Elle allait fuir lorsque l'ombre du voleur se dressa et se mit en marche. Elle se colla contre l'arbre, retenant son souffle, et cette ombre passa si près d'elle qu'elle sentit comme un petit coup de vent qui fit voltiger ses cheveux légers sur son front. Elle n'avait guère eu le temps de voir, cependant sa conviction était faite : elle se trouvait en présence d'Alexandre.

Elle s'élança, suivant sa trace, vers l'endroit d'où parvenaient les cris, car la dispute semblait avoir dégénéré en bataille. Comme elle arrivait près de la porte, suivant l'ombre de près, elle la vit se baisser, s'aplatir, ramper comme un reptile et disparaître à l'angle du mur. Pas à pas, elle suivit le même chemin, mais ne trouva personne. Encore une fois Alexandre s'était volatilisé dans la nuit !

Mais voilà que, tout à coup, elle entendit sa voix. Il avait suivi le petit mur de l'enclos et, maintenant, il revenait sur ses pas, feignant d'arriver.

« Qu'est-ce qui se passe ? » cria-t-il, l'air affolé.

UN HOMME ENFOUISSAIT UNE CASSETTE DANS LE TROU QU'IL VENAIT DE CREUSER
AU PIED D'UN ARBRE

Et, du dessous de son ample manteau, il tira une lanterne sourde dont il projeta la lumière sur les combattants. Lorsqu'il vit les deux Bulgares, il se confondit en regrets de n'être pas arrivé plus tôt, afin de les délivrer de ces malandrins. Il tâchait, ce disant, de ne pas trop éclairer ces bandits, et ils allaient prendre la fuite lorsque Benesco, arrachant la lanterne des mains de l'usurier, en braqua la flamme sur le visage des assaillants : trois amis d'Alexandre, que les Bulgares n'avaient pas ménagés et qui étaient fort mal en point, ce qui ne les empêcha pas de prendre la fuite.

L'Arménien se lamentait toujours, regrettant d'être venu si tard.

« Je prenais l'air sur mon seuil, dit-il, lorsque j'entendis des cris.

— Vous n'avez pas mis longtemps à venir, remarqua Benesco.

— Je me suis élancé tout de suite.

— Mais, reprit le jeune homme, il vous a fallu le temps de vous munir d'un manteau et d'allumer votre lanterne.

— Oui, oui... dit l'homme, perdant un peu contenance. J'allais soigner mon âne.

— Etes-vous bien sûr que vous venez de chez vous ? demanda ironiquement une petite voix dans l'ombre.

— D'où viendrais-je ?

— Du cimetière.

— Moi ? Moi ? Ah ! oui, du cimetière !

— Mais oui, dit la petite voix, vous y étiez déjà hier à pareille heure, sous le même cyprès.

— Moi ? C'est possible !

— Mais oui, c'est certain !

— Ah ! oui, j'ai mis mon âne à paître, et je vais chaque soir lui porter du pain.

— Vous y avez perdu ça. »

Et la petite Medgé se faufilant jusque sous la lanterne que tenait toujours Benesco montra, suspendue entre ses doigts menus, une médaille que tous reconnurent pour appartenir à Alexandre.

D'un geste rapide il essaya de s'emparer du bijou, mais une main de fer lui avait saisi le poignet et le serrait si fort qu'il renonça à rentrer en possession de l'objet.

« Elle m'a volé ! criait-il, elle m'a volé !

— Pas de bruit et pas de fausses accusations, lui dit rudement le capitaine qui lui serrait toujours la main et qui avait pris la médaille et l'avait glissée dans sa poche.

— Rendez-moi cette médaille, implora Alexandre, c'est un souvenir, un talisman.

— C'est aussi une pièce à conviction et je la garde, dit le capitaine. Elle a été trouvée au pied du cyprès où le voleur de ma cassette l'avait enterrée. »

Une douleur défigura les traits d'Alexandre qu'éclairait Benesco amusé. Mais il se reprit et demanda, feignant l'ignorance.

« Quelle cassette?

— Rentrez chez vous, continua l'officier; inutile d'aller au pied du cyprès, la cassette n'y est plus; je l'ai fait mettre en lieu sûr. »

A cette nouvelle l'usurier blêmit. Tout espoir de posséder le bel or était perdu. Cependant il eut encore la force de dire :

« Quelle cassette? Quel or? Que voulez-vous dire ? Je suis un pauvre homme. »

Quelle preuve avait-on contre lui ? La conviction de Medgé. Elle avait bien vu Alexandre au cimetière, mais le diable d'homme avait trouvé une raison de se trouver là : son âne. Et il agitait un sac à moitié vide, pour montrer qu'il avait bien été nourrir son âne.

Le capitaine l'ayant lâché, il s'approcha de Medgé et, avant de s'enfuir, il lui pinça cruellement le bras en lui sifflant à l'oreille.

« Petit scorpion, je t'empêcherai de mordre. »

La petite poussa un cri et Benesco, du bout de sa botte, repoussa Alexandre qui roula dans la ruelle, se releva et s'en fut en proférant des menaces qui firent frémir Medgé.

Les trois hommes ramenèrent à ses parents la courageuse petite détective et rentrèrent au logis où les attendait Hélène, curieuse de connaître les détails de l'expédition ; ils ne gagnèrent leurs chambres qu'après avoir promis à Mᵐᵉ Kallistidès de lui rendre son cher Alcibiade qu'elle pleurait bruyamment en mangeant des confitures de roses.

Mais encore une fois, Alexandre avait fait le mal impunément. Encore une fois il échappait au châtiment, car le capitaine bulgare n'avait pas voulu l'arrêter n'ayant aucune preuve de sa culpabilité.

Ainsi donc, Alexandre demeurait libre, sachant que Medgé et ses parents connaissaient son crime. Et la colère et une haine immense grandissaient dans le cœur du cruel usurier.

CHAPITRE IX

Depuis qu'elle avait si bien démasqué Alexandre et démontré sa fourberie, Medgé n'était qu'à demi rassurée. Elle avait peur de la vengeance de son ennemi.

Aussi Medgé, sans en avoir l'air, se méfiait-elle. Passait-elle dans une rue voisine de sa maison, elle évitait de marcher sous les balcons ou près des fenêtres; il est si facile de laisser tomber une tuile ou une pierre pour vous assommer. Elle accompagnait son père dans la ville, car elle le savait distrait ; il serait sûrement tombé dans le premier guet-apens d'Alexandre. Et celui-ci avait plus d'un tour dans son sac.

Mais ce n'était plus une vie, d'être ainsi toujours sur la défensive, le jour, la nuit. Ah ! les nuits! Tout à coup, Medgé s'éveillait. Ne venait-on pas d'ouvrir la fenêtre? Quel était ce grincement? Alors la petite se dressait toute tremblante et écoutait. Non, ce n'était que les ronflements de Hadji dans la chambre voisine. Mais ces bruits sourds, ces frôlements, c'étaient des pas, quelqu'un venait. Fallait-il crier ? Non, cela ne servirait à rien. Il fallait défendre ses parents, les protéger. Alors Medgé saisissait un marteau à long manche et tranchant, qu'elle gardait près d'elle, la nuit, en cas d'attaque, puis elle faisait quelques pas dans l'obscurité sans bruit. attendait près de la porte. Il faudrait bien qu'on passât par là pour venir chez son père. Et, l'esprit tendu, l'oreille aux aguets, le cœur battant, l'arme au poing, elle attendait. Et tout à coup, elle comprenait que les bruits sourds, les frôlements, c'étaient les rats qui s'agitaient sous le toit. Quelle sarabande ! Néanmoins Medgé écoutait encore. Oui, c'étaient bien les rats. Alors la petite allait se coucher et s'endormait d'un œil, prête à bondir à la première alerte. Mais ce régime n'était guère sain pour une fillette comme elle, aussi en cinq jours, Medgé avait-elle perdu ses belles couleurs et elle maigrissait à faire pitié. Epuisée de fatigue et d'insomnie, elle se traînait comme un pauvre oiseau malade.

Aussi, un après-midi qu'elle travaillait près d'Hélène et de Georges Benesco qui leur racontait une histoire, Medgé, tout à coup, tomba endormie, la tête sur un coussin.

Hélène réfléchit un moment, puis murmura à Georges :

« Comme elle est pâle!

— Oui, elle paraît malade! »

Hélène réfléchit un moment, puis murmura, en hochant la tête:

« Je crois savoir ce qui tourmente Medgé.

— Ah! tu crois?

— Oui, mais je ne puis rien dire encore, nous... »

A ce moment une porte claqua, poussée par le vent.

Déjà Medgé était éveillée, elle se redressa en poussant un cri : elle était affreusement pâle.

« Qu'as-tu, Medgé ? demanda Hélène doucement.

— J'ai... j'ai eu peur ! balbutia Medgé. Oh ! Hélène... » et elle éclata en sanglots. Alors Hélène s'approcha de la petite, lui caressa les joues et, la câlinant, demanda tout bas :

« Tu as eu peur, dis? Tu as eu peur d'Alexandre? »

Medgé baissa la tête et soupira.

« Oui, j'ai cru être dans ma maison et qu'il venait la nuit pour nous tuer. Oh ! Hélène, j'ai peur, si tu savais !

— Medgé, il ne faut pas !

— Oh ! si. Hélène, tu sais bien comme Alexandre nous hait! Regarde le mal qu'il nous a fait parce que ton père et le mien sont bons et qu'il est méchant et jaloux. Regarde ton père Kallistidès, qui a dû fuir comme un criminel dans la montagne.

— Mais il reviendra. Medgé ; il reviendra, maintenant qu'on le sait innocent.

— Mais quand?

— Dieu le sait. Il faut être prudent. Alexandre pourrait lui nuire encore.

— Ah ! tu vois bien que tu le crains aussi. Et moi, songe un peu ce que je dois redouter, moi, qui ai prouvé qu'il était coupable.

— Oui, c'est vrai!

— Alors, j'ai peur, j'ai peur, comprends-tu pour mon père, pour ma mère. Quel mal va-t-il nous faire. »

Georges Benesco intervint.

« Il ne faut pas avoir peur, Medgé, nous veillerons sur toi.

— Oui, mais que pourras-tu contre la ruse, Georges ?

— On ne sait pas. Si Alexandre te fait quelque chose, on le mettra en prison.

— Mais il est malin, il ne fera rien par lui-même.

— Il faudra bien qu'il se démasque un jour.

— Espérons. Mais il sera peut-être trop tard.

— Non, espérons. Dors en paix, petite, je veillerai, moi. D'ailleurs, tu sais maintenant que des sentinelles bulgares veillent sur nous depuis le vol de la cassette. Tu peux dormir tranquille.

— Allons, repose-toi un peu! murmura Hélène, et elle étendit Medgé qui s'assoupit et s'endormit paisiblement.

— C'est vrai, elle a raison! dit encore Hélène à Georges; cet Alexandre nous veut du mal, il a juré notre ruine!

— Ah ! s'il y avait quelque émeute et qu'il pût y disparaître !

— Oh! ne dis pas cela!

— C'est égal, je vais le signaler aux autorités.

— Mais prends garde qu'il ne le sache. Que fais-tu demain ? Resteras-tu avec nous?

Non, c'est la fête à San Dimitri. J'irai avec un peloton de mes hommes pour empêcher le désordre.

— Ce sera une belle fête.

— Oui, la vieille église va être ornée de drapeaux, on a lavé les mosaïques, et elle va reparaître telle qu'elle était, il y a cinq siècles.

— Et l'on apportera en grande pompe l'image de San Dimitri et les icones sacrées.

— Il paraît qu'il y a des icones entourées de pierres précieuses.

— Oui, il y en a une en rubis, d'une grande beauté.

— Alors, Georges, tu seras de garde, le jour et le soir près de San Dimitri ?

— Oui.

— Pourrons-nous venir te voir ?

— Oui, car la journée sera longue.

— Nous irons le soir, au coucher du soleil, car avant j'irai, moi, prier pour mes frères dans l'église. Quant à Medgé et ses parents, ils ne sortiront guère ce jour-là. Sait-on ce qui peut arriver ?

— Tu as raison. Alors quand viendras-tu me voir avec Medgé ?

— Je te l'ai dit, au coucher du soleil. Tu seras sans doute posté près de la baraque du savetier.

— Oui.

— Nous te porterons des bonbons et peut-être pourras-tu revenir à la maison avec nous.

— Peut-être. »

Sur ce, Georges s'en fut au campement bulgare pour recevoir les ordres de ses chefs.

Le lendemain soir, au moment où les dernières lueurs du soleil tombaient sur Salonique, au milieu des cris de joie et des pétards que faisaient partir les Grecs pour fêter leur triomphe, une foule énorme vint prier et chanter à San Dimitri.

Maintenant la foule s'éloignait de l'église où les cierges brillaient au milieu des drapeaux et des icones.

Ce fut l'instant où Hélène vint frapper à la porte de Medgé.

« Allons, Medgé, hop !

— Me voilà, Hélène.

— Sortons, il est nuit. Nous allons chercher Georges.

— Bien. »

Alors Medgé parut et s'accrocha au bras d'Hélène.

« Je suis contente de sortir, dit-elle. Ce jour a été long. Et puis, j'ai eu si peur ce matin.

— Pourquoi?

— Figure-toi, j'allais à la fontaine chercher de l'eau, quand je me heurtai à Alexandre qui ricana et me fit un geste de menace. Il m'en veut de l'avoir découvert.

— Que peut-il faire ? Oh...

— Qu'as-tu, Hélène ?

— Cachons-nous, vite, vite! »

En hâte elles se blottirent derrière un mur bas et, l'obscurité aidant, elles furent cachées à temps pour voir passer Alexandre avec deux inconnus enveloppés dans de longs manteaux. Ils parlaient tout bas. Alexandre semblait leur donner des ordres.

« Derrière l'église, disait Alexandre, guettez-le, mais ne le frappez pas. Comprenez-vous ? Ficelez-le, bâillonnez-le, mais ne le tuez pas. Il me faudra peu de temps.

— Mais s'il n'est pas seul? demanda un des inconnus.

— Il sera seul, sans doute, agissez vite.

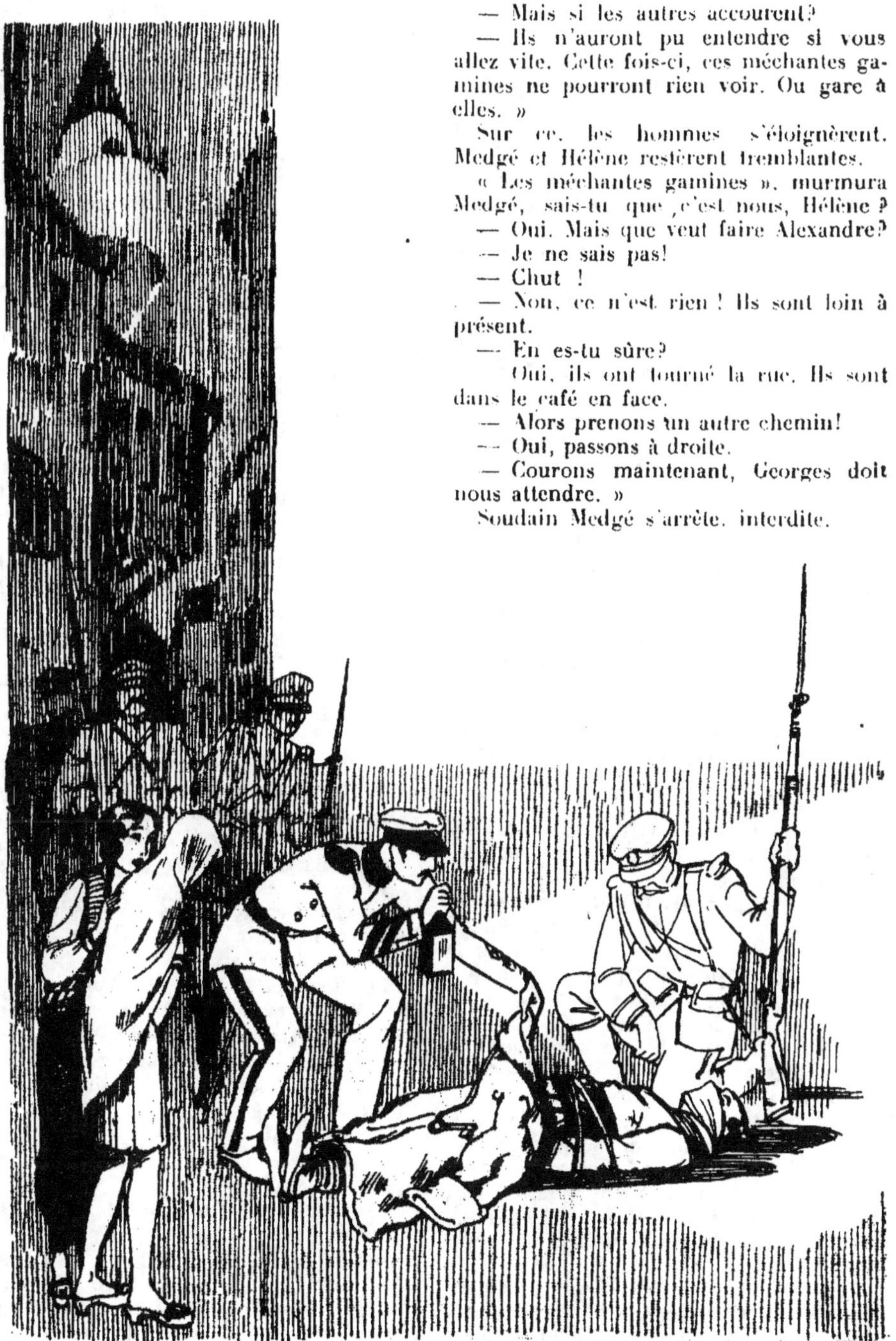

— Mais si les autres accourent?

— Ils n'auront pu entendre si vous allez vite. Cette fois-ci, ces méchantes gamines ne pourront rien voir. Ou gare à elles. »

Sur ce, les hommes s'éloignèrent. Medgé et Hélène restèrent tremblantes.

« Les méchantes gamines », murmura Medgé, sais-tu que c'est nous, Hélène ?

— Oui. Mais que veut faire Alexandre?

— Je ne sais pas!

— Chut !

— Non, ce n'est rien ! Ils sont loin à présent.

— En es-tu sûre?

Oui, ils ont tourné la rue. Ils sont dans le café en face.

— Alors prenons un autre chemin!

— Oui, passons à droite.

— Courons maintenant, Georges doit nous attendre. »

Soudain Medgé s'arrête, interdite.

« Oh! Hélène!

— Qu'as-tu?

— Si c'était Georges Benesco, qu'Alexandre voulait attaquer ce soir ?

— Que dis-tu là ?

— Cela se pourrait, puisqu'il a parlé de nous!

— C'est vrai! Que veut-il lui faire. Vite, Medgé, courons, il faut prévenir Georges. »

Par bonheur, elles n'étaient pas loin de l'église dont les portes étaient encore ouvertes ; quelques fidèles priaient encore.

Toutes haletantes, elles se hâtèrent vers Georges Benesco, qui fumait assis près de ses hommes, qui regardaient paisiblement les passants.

En mots entrecoupés, les petites racontèrent à Georges ce qu'elles avaient entendu, les propos mystérieux d'Alexandre.

Mais le jeune homme se mit à rire et il raconta l'histoire à ces hommes qui rirent aussi. Devant cette gaîté réconfortante, les deux fillettes reprirent courage ; elles se mirent à babiller avec Georges.

Tout à coup Hélène s'écria :

« Il faudrait rentrer, Georges, viens-tu avec nous ?

— Non, j'ai une heure de garde encore avant de quitter mon poste.

— Tiens, s'écria Medgé, voici Constantin qui sort de chez lui et va fermer les portes de l'église.

— C'est qu'il est tard, murmura Hélène, rentrons vite, nos parents seraient inquiets. »

Elles s'éloignèrent par une ruelle mal éclairée et marchaient sans bruit quand elles aperçurent au loin Constantin, le gardien de l'église qui rentrait chez lui, les clefs pendues à sa ceinture.

Tout à coup, deux ombres, puis une troisième semblèrent jaillir de terre. Deux de ces ombres se jetèrent sur le malheureux Constantin en l'étouffant à demi sous un grand manteau, le ligotèrent et le poussèrent dans un coin. Un des êtres mystérieux s'enfuit vers l'église ; les deux autres remontèrent la ruelle vers les deux petites qui faillirent mourir d'épouvante. Les avait-on vues ? Qu'allait-on leur faire ?

Au plus vite, elles se dissimulèrent dans un angle obscur. Les deux ombres passèrent près d'elles sans les voir et disparurent. Cependant, elles attendirent encore un moment avant de bouger. Elles craignaient de voir apparaître le troisième inconnu, et puis elles avaient peur de Constantin étendu là-bas, tué peut-être? Mais s'il n'était pas mort, il fallait lui porter secours, il fallait chercher l'aide de Georges et de ses hommes.

Hélène avança la tête ; un faible rayon de lune jetait une lueur discrète sur un bout de la rue.

« Je ne vois rien, » murmura Hélène. Medgé regarda à son tour.

« Vite, allons chercher Georges. Sais-tu, Hélène, qui étaient ces hommes ?

— Non, dit Hélène, j'ai fermé les yeux quand ils sont passés, tant j'avais peur.

— Eh bien, moi je les ai bien regardés. J'ai reconnu les manteaux grecs, et puis l'un avait comme un ruban d'argent à son turban qui brillait dans la nuit.

— Eh bien?

— J'avais remarqué ce galon sur le turban de l'homme qui parlait avec Alexandre quand nous sortions de chez nous et qu'il nous a menacées !

— Oh! oui, je me souviens. Le ruban d'argent faisait un dessin sur le turban. Alors ?

— Eh bien, je vais te dire. Ces deux hommes qui sont passés là, devant nous étaient les hommes de tantôt, et le troisième qui a fui vers l'église, c'est Alexandre.

— Oh ! Medgé, c'est vrai ! Heureusement qu'il ne nous a pas vues !

— Oui, heureusement, sans cela je crois qu'il nous aurait tuées !

— Voilà Georges. »

Et les petites apparurent toutes haletantes devant Georges Benesco et ses hommes qui avaient allumé un petit feu de bivouac pour se réchauffer.

Les hommes se levèrent surpris.

« Vous n'avez rien vu? Rien entendu? demanda Hélène, tremblante.

— Rien, dit Georges. Qu'as-tu?

— On a..., on a tué un homme là, murmura Medgé.

— Où cela!

— Devant nous dans la ruelle.

— Mais qui ?

— On a tué Constantin, le portier de l'église!

— Mais il n'a pas crié!

— Non, on l'a étouffé sous un manteau. Les assassins étaient trois, ils ont fui. Venez ; peut-être Constantin n'est-il pas mort.

— Allons! »

Et Georges ordonna à quatre hommes

de l'accompagner. Il s'avança en tête, une lanterne à la main. Les petites le suivaient et les soldats formaient l'arrière-garde.

« C'est là, » murmura Medgé, en désignant un coin d'ombre.

Georges braqua sa lanterne et l'on aperçut, couché sur le sol, un grand corps tout noir ; une clef était jetée sur le manteau, la clef de l'église, sa chaîne tenait encore après, on avait dû l'arracher, puis la poser là. On souleva le manteau et l'on aperçut Constantin à demi étouffé sous un bâillon, les mains liées, le visage rouge et les yeux hagards. On le déficela.

« Il n'est pas mort ! s'écria Medgé.

— Non, dit Georges. Il n'est qu'à moitié étouffé. »

Cependant Constantin, le gardien de San Dimitri aspira une grande gorgée d'air, éternua et murmura :

« Mes clefs !

— Les voilà.

— Tiens, ils me les avaient arrachées!

— Mais qui ?

— Je n'ai pas vu !

— C'est bien simple, fit Georges, on t'a pris la clef, puis on te l'a rendue.

— Mais pourquoi faire.

— Nous allons voir. On est entré dans l'église, sans doute.

— Mon Dieu! pourvu qu'ils n'aient rien volé!

— Heu, c'est peu probable. »

La petite troupe arrivait à l'église, on ouvrit la porte. Personne dans l'édifice où trois cierges achevaient de brûler sur l'autel.

On courut vers la table sainte. Alors Constantin s'écria :

« On a volé l'icone de rubis ! »

Alors ce fut un affolement. Georges envoya des soldats prévenir les autorités et un autre reconduisit Hélène et Medgé vers leur demeure.

Elles rencontrèrent près du bazar et dans les rues des groupes de gens qui discutaient, qui criaient, des femmes murmuraient :

« On a volé une icone dans l'église San Dimitri. »

On approchait de la maison d'Hadji quand les petites s'étonnèrent de voir la foule plus dense, des gens qui se hâtaient et se bousculaient.

« Qu'est-ce ?

— On a arrêté le voleur de l'icone.

— Qui est-ce ?

— Un Turc!

— Qui ?

— C'est Hadji l'orfèvre.

— Mais non, il était au café avec nous tout à l'heure!

— Je ne sais.

— Qui l'accuse?

— C'est Alexandre.

— Oh! si c'est l'Arménien!

— Mais écoute, Hadji rentrait chez lui quand la nouvelle s'est répandue, alors soudain Alexandre est apparu et s'est jeté sur Hadji en criant : « C'est lui qui a volé l'icone, c'est lui ! »

— Et Hadji?

— Il n'a rien dit et a continué son chemin vers sa demeure. Mais Alexandre l'a suivi, la police est venue, prévenue on ne sait par qui, Alexandre voulait qu'on lapidât ce Turc. On a commencé à jeter des pierres sur sa maison. Maintenant, il y a des soldats grecs qui font une perquisition chez lui avec Alexandre.

— Hadji, que dit-il ?

— Il reste tranquille. Il dit qu'il est innocent.

— Tu as entendu, Hélène ? murmura Medgé terrifiée.

— Oui, si Georges pouvait revenir !

— Oh ! ce méchant Alexandre ! C'est lui qui... »

Medgé ne put achever sa pensée, une clameur terrible sortait de la maison de son père, et elles virent Hadji traîné dehors à coups de crosse par les soldats tandis que la foule criait : « Voleur, voleur ! »

Une femme grecque lui cracha au visage, une autre déchira sa robe. Et soudain Alexandre parut portant l'icone de San Dimitri dans son cadre de rubis en criant:

« J'ai retrouvé l'icone! Le voleur l'avait cachée dans une mesure de grains. Hou ! tuez-le, il le mérite, c'est un sacrilège ! »

A ce moment, Georges Benesco arrivait avec ses hommes.

Medgé courut à lui en criant :

« Georges, au secours! Alexandre accuse mon père d'avoir volé l'icone ; on l'a retrouvée dans une mesure de grains. Mais toi, tu sais bien que mon père n'est pas coupable. Tu sais l'heure qu'il était quand on a volé.

— Oui, il était huit heures.

— Alors défends mon père. Tu sais qu'il est innocent et tu connais le coupable.

— Oui, attends. »

Et Georges s'avança vers les soldats grecs.

« Laissez cet homme, il n'est pas coupable !

— Mais on a retrouvé l'icone ! hurla Alexandre, furieux !

— Tais-toi, chien, ou c'est toi que je fais arrêter, voleur, sacrilège ! »

Alexandre ne semblait plus aussi fier. Il recula.

Des chefs arrivaient, Georges expliqua:

« On a attaqué Constantin, le portier de San Dimitri, à huit heures ; on a volé l'icone entre huit heures et huit heures et quart. On a vu trois hommes attaquer Constantin. Maintenant, je puis prouver que, parmi ces hommes, n'était pas Hadji.

— Non, dit un Turc, à cette heure, nous étions encore au café.

— Nous l'avons quitté un peu avant neuf heures, il est à présent neuf heures et demi ; ce n'est donc pas Hadji qui a volé l'icone.

— Mais comment l'icone était-elle chez Hadji ?

— Eh bien ! s'écria Georges, c'est Alexandre qui l'y a mise.

— Oh ! le misérable ! Où est-il ?

Et la foule, changeante, s'apprêtait à faire un mauvais parti à Alexandre. Mais le coquin avait disparu, laissant l'icone aux mains des soldats grecs.

« Vas-tu porter plainte ? demanda Georges Benesco à Hadji.

— A quoi bon ? Allah est grand ! Il est juste ! Je suis entre ses mains. »

Et, calme, Hadji fit rentrer Medgé et referma sa porte.

Alexandre — le voleur d'icone — avait encore, cette fois-là, pu échapper au châtiment. Il était libre et pouvait encore nuire.

Medgé était de moins en moins rassurée.

CHAPITRE X

Depuis quelque temps, Grecs et Bulgares ne faisaient plus bon ménage dans Salonique. Des contestations naissaient à tout propos entre les soldats des deux nations.

Aussi, quand le capitaine bulgare rentrait chez les Kallistidès avait-il le front soucieux, et, aux questions d'Hélène, répondait-il toujours :

« Cela va mal, très mal. »

Quelle inquiétude pour la jeune fille quand, un jour, Georges Benesco lui dit tristement :

« Nous allons sans doute abandonner Salonique. »

Hélène le regarda :

« Abandonner Salonique ? Que dis-tu ?

— Oui, il en est question. On ne laisserait que quelques troupes ici.

— Ah !

— Jusqu'au jour où les Grecs nous en délogeront, tu verras !

— Alors, tu partirais, Georges ?

— Oui, il le faut bien, je suis engagé, mais je te jure que je reviendrai dès que la guerre sera terminée.

— Tu reviendras ? Tu me le promets ?

— Oui, je le promets. Tu sais bien que je laisse mon cœur ici et que ta famille est la mienne.

— Oui, c'est vrai ; eux aussi, ils t'aiment tous comme leur fils : ma mère, ma grand'mère et mon père, quand il était avec nous. Et tu sais qu'il parle de toi dans son dernier message que nous a apporté un berger. Il voudrait bien revenir avec nous.

— Pourquoi ne revient-il pas ?

Hélène regarda Georges avec étonnement.

« Je ne veux pas que mon père revienne encore. Songe donc, après ce qui est arrivé, Alexandre le ferait tuer sûrement, et personne ne pourrait le défendre. Il vaut mieux qu'un homme qui a un ennemi s'en aille dans la montagne tant que cet ennemi est près de sa maison.

— Mais cela ne pourra pas toujours être ainsi. C'est le 5 juillet que ton père devait rembourser Alexandre ?

— Oui, mais il ne le pourra pas.

— Alors, que ferez-vous ?

— Oh ! nous irons tous aux vignes, là-bas, hors de la ville : nous y avons une petite maison avec un champ d'oliviers. Je vivrai là en travaillant avec ma mère, en attendant.

— Et ta maison, ici ?

— Elle sera à Alexandre, elle lui appartiendra. Il sera payé, et amplement, de ce que mon père lui doit.

— Et tu laisseras faire cela ?

— Que peuvent des femmes contre un homme tel qu'Alexandre ? Mais, vois-tu Georges, j'ai confiance. Il faudra bien qu'un jour ou l'autre il soit puni de tout le mal qu'il aura fait.

— Mais tu pourras attendre encore longtemps !

— Je ne crois pas, Georges. Alexandre a fait trop de tort aux gens, on le hait trop. Il lui arrivera malheur avant qu'il soit longtemps ! Mais, vraiment, tu me promets de revenir ?

— Mais oui, certainement.

— N'est-ce pas un mensonge, Georges?

— Non, je le jure par San Dimitri. Là, j'ai trouvé le bonheur, la paix, un foyer, une famille.

— C'est vrai que, jusqu'alors, tu as toujours vécu seul.

— Oui, j'ai été élevé par un oncle qui mort, et je suis brouillé avec ses fils. Pourquoi irais-je fonder un foyer dans un pays où je n'aime personne ? Je suis plus heureux avec vous autres, Grecs, dont je parle la langue.

— Mais, Georges, quand pourrons-nous nous marier ?

— Dans un an, je pense !

— C'est long, un an ! J'aurai seize ans, je serai presque une vieille fille.

— Bah ! tu veux rire, Hélène, moi j'aurai vingt-deux ans.

— Mais toi, tu es un homme. Alors, dans un an, la guerre sera finie ?

— Oui. Alors je serai retourné au pays, j'aurai vendu les quelques terres qui viennent de mon père. Cela nous fera de l'argent pour nous établir ici.

— Que feras-tu ?

— Je ne sais pas encore. Mais mon cousin Antoniadi qui habite Athènes, aura sans doute ici quelque emploi pour moi dans ses affaires.

— Oh ! nous serons heureux !

— Je l'espère.

— En tout cas, il ne faut parler à personne de nos fiançailles.

— Mais déjà Medgé les connaît.

— Oui, mais Medgé, c'est un peu ma petite sœur. Et puis, elle se ferait plutôt hacher que de dire quelque chose quand on lui a ordonné le secret.

— Bien.

— Tiens, la voilà qui arrive, la petite Medgé ! Oh ! comme elle a l'air, soucieux ! »

En effet, Medgé entrait, le front barré d'un grand pli inquiet.

— Voyons, dis-moi ce que tu as, petite fleur ? demanda Georges en riant, pour chasser l'ennui de l'enfant.

— Il y a que nous tombons au pouvoir d'Alexandre, nous aussi.

— Comment cela ? s'écria Hélène en se levant.

— Oh ! c'est bien simple, répondit Medgé avec un sourire triste. Comme les affaires ne marchent pas, à cause de la guerre, pour continuer son commerce, Hadji, mon père, doit emprunter à Alexandre. Il ne voulait pas, mais, quand on devient pauvre, il faut subir la loi.

— Alors, malheur sur vous ! gémit Hélène, car il vous exploitera jusqu'à votre dernière obole.

— Oui, mais mon père espère pouvoir le rembourser bientôt.

— Et qu'est-ce qu'Alexandre a demandé comme gage ?

— Notre champ d'oliviers voisin du vôtre.

— Oh !

— Et sais-tu ce qu'il a dit encore à mon père, ce méchant Alexandre ?

— Non.

— Il a dit en ricanant qu'il saurait bien, un jour ou l'autre, vous amener à lui donner votre terre à vous, vos vignes, vos oliviers, et qu'alors il aurait un beau domaine. Mais qu'avant cela, Allah l'étouffe !

— Dieu t'entende !

— Alors, reprit Medgé, mon père Hadji doit aller demain à son champ avec Alexandre pour qu'il en examine les récoltes.

— Oh ! Medgé, il ne faut pas que ton père parte avec Alexandre.

— Oui, j'ai peur aussi, Hélène. Alexandre hait tellement mon père.

— Ecoute, Medgé, dit Georges, si tu as peur pour ton père, j'irai avec lui, demain, dans la campagne.

— Oh ! merci !

— Ainsi, Alexandre n'osera rien contre lui. Il aura bien trop peur des Bulgares.

— Sait-on ? Il a tant de ruses dans son sac !

— Peu importe ! Il n'a pas d'intérêt à me faire disparaître, il serait le premier à en souffrir, car je préviendrai mes chefs avant de partir, et si quelque malheur m'arrivait...

— Oh ! ne dis pas cela, Georges ! supplia Hélène.

— Ne crains rien, il n'y a aucun danger. Mais s'il arrivait quelque chose, c'est à Alexandre qu'on s'en prendrait.

— Oui, alors tu iras avec Hadji, Georges ?

— Comme cela, je suis tranquille ! s'écria Medgé en battant des mains.

— Maintenant, fit Georges en se levant, je vais jusqu'au camp. Je crois que le capitaine va nous quitter pour suivre le bataillon qui quitte Salonique.

— Mais toi, tu resteras, Georges ?

— Je l'espère.

— Ah ! tant mieux. Et puis, si tu partais, je suis sûre que tu reviendrais un jour ici », dit Medgé, avec un sourire malicieux.

Sur ce, les petites se séparèrent. Georges alla au camp bulgare et revint préparer les bagages du capitaine qui devait partir le jour même avec un détachement.

Tandis que Georges rangeait dans les valises les papiers du capitaine, occupé à écrire, Hélène l'aidait et l'interrogeait tout bas.

« Crois-tu que le capitaine reviendra ?

— Je ne crois pas ! Cela ne va guère entre nous, Bulgares, et les Grecs !

— Ah ! Pourquoi ?

— Je ne sais pas ! Mais cela ne m'étonnerait pas si on finissait par se battre ! »

Hélène retourna à ses broderies et elle songeait tristement quand Georges survint en criant joyeusement :

« Hélène ! Oh ! une bonne surprise ! »

Et Georges montrait à la jeune fille un petit sac de cuir.

« Devine ce qu'il y a là dedans ! »

Hélène sourit :

« Des grains de riz !

— Tu te moques de moi !

— Non ? Eh bien ! des belles perles !

— Mais non !

— Eh bien ! je ne sais pas, moi ! Secoue un peu le sac que j'entende le bruit de ce qui est là dedans. Après, je pourrai te dire.

— Ah ! mais non ! »

Et Georges ne bougea pas, tendant toujours le petit sac en cuir rouge.

« Qu'est-ce qui te ferait plaisir, en ce moment ? » reprit Georges.

Hélène soupira :

« Oh ! de l'argent, pour empêcher Alexandre de s'emparer de notre maison.

— Eh bien ! tu as deviné ! Regarde ! »

Et Georges lança le sac sur les genoux d'Hélène. Il en sortit un joli bruit métallique.

Hélène poussa un cri de joie.

« Oh ! de l'argent, de l'or ! »

Elle dénoua les cordons du sac et répandit le contenu sur le plancher. Il en sortit des grosses pièces blanches, des petites pièces d'or et des billets.

Elle rangea les pièces par piles et, tout à coup, s'écria :

« Georges, qui t'a donné cela ?

— C'est le capitaine en remerciement de ton hospitalité.

— Mais, Georges, on ne doit pas recevoir de l'argent de son hôte.

— Mais si ; tu offenserais le capitaine en refusant. Il vous aimait beaucoup, il est riche, très riche, et peut te faire ce cadeau. Il aurait voulu te donner plus, mais il n'avait pas davantage sur lui.

— Dieu le bénisse ! Georges, avec cela je vais rembourser Alexandre. Combien peut-il y avoir là ?

— Au moins cinq cents piastres.

— Alors, nous avons plus qu'il ne nous en faut !

— Combien ton père doit-il à Alexandre ?

— Deux cents piastres, je crois.

— Bien, allons tout de suite chez Alexandre.

— Oui, cela sera une bonne surprise pour maman quand elle reviendra du marché. »

Aussitôt, Hélène et Georges sortirent de la maison en fermant soigneusement la porte, puis gagnèrent la boutique d'Alexandre. C'était une petite échoppe en bois près de sa maison, toute basse. Alexandre était assis devant une table, sur laquelle était posée une balance et de gros livres de comptes. Derrière l'Arménien, rangés en piles, l'on voyait encore d'autres gros livres et des boîtes contenant des objets laissés en gage chez l'usurier.

Quand Hélène et Georges pénétrèrent dans la boutique, Alexandre pesait quelques pièces d'or et les frappait d'un petit marteau pour en écouter le son. En les voyant tous deux, Alexandre fit une grimace qui se termina en un sourire obséquieux, puis il rangea au plus vite son or dans un tiroir en murmurant :

« Qui me vaut l'honneur de votre visite ?

— Voilà, Alexandre, déclara Hélène. Combien mon père te doit-il ?

— Oh ! ma colombe, attends, je vais te dire. »

Et Alexandre s'approcha de son gros livre de comptes, feuilleta quelques pages.

« Voici : Prêté à Kallistidès... cent piastres, puis encore cent piastres, qu'il doit rembourser avant juillet. Nous sommes en juin.

— Est-ce tout ?

— Non, attends !

— Pourtant, mon père m'a dit qu'il ne te devait que deux cents piastres.

— Oh ! misère de moi ! c'est une erreur. Je lui ai encore donné cinquante piastres un autre jour, à l'auberge.

— Montre-moi ton livre !

— Hélas ! Pauvre de moi ! Ce n'est pas marqué sur mon livre, mais je jure par tous les saints et les douze apôtres que j'ai prêté cet argent à Kallistidès, oh ! bien pour l'obliger. Que Dieu le garde !

— Soit ! Est-ce tout ? »

Alexandre joignit les mains en regardant Hélène de côté, en dessous.

« Hélas ! malheureux que je suis ! Je vois que tu ne me crois pas et que tu me traites d'usurier, de voleur, d'étrangleur des pauvres !

— Mais non !

— Si, je vous connais bien, et que l'on a du mal à obliger le pauvre monde !

— C'est bien ! intervint Georges. A quel intérêt avais-tu prêté ces deux cent cinquante piastres à Kallistidès ?

— A quel intérêt ? Jésus ! gémit Alexandre en se frappant la poitrine, A un pauvre petit intérêt misérable qui ne me fait rien gagner ; c'était pour l'obliger, te dis-je.

— Allons, dis vite, quel intérêt ?

— Cinquante pour cent ! sanglota Alexandre. Je le jure par les douze apôtres. C'était un honorable intérêt... Que puis-je gagner là-dessus ? Et quels risques j'ai courus ?

— Cinquante pour cent ! gronda Georges, menaçant. Tu n'as pas honte, vieux voleur ?

— Hélas ! Je n'y suis pour rien, étranger, gémit Alexandre en se cachant derrière la table. Regarde mes livres et la signature de Kallistidès : tout est en ordre, vois-tu ?

— Que le diable t'emporte ! Oui, tes livres sont en ordre, et je vois bien la signature de Kallistidès.

— Alors, tu vois que je ne te trompe pas !

— Dieu sait ! Mais tu es un voleur !

— Oh ! les apôtres voient mon innocence !

— Ce n'est pas sûr ! Est-ce bien toute la dette ?

— Oui, oui...

— Eh bien ! fais-moi un reçu, l'on va te rembourser !

— Que veux-tu dire ?

— Fais ton reçu de trois cent cinquante piastres.

— Voilà ! »

Et Alexandre écrivit lentement son reçu. Puis, le tenant sous sa main :

— L'argent ! fit-il.

— Voilà. »

Et Hélène étala les trois cent cinquante piastres.

« Le reçu ! réclama Georges.

— Attends... Toute la somme y est-elle bien ? Ne me doit-on plus rien ? Laisse, que je réfléchisse.

— Le reçu ! réclama Georges, menaçant.

— Voilà, voilà ! »

Et Alexandre tendit le papier à Georges qui le lut et dit :

« Bien, tout est en ordre. Viens, Hélène ! »

Tous deux s'éloignèrent de l'échoppe de l'usurier.

« Le vieux grigou ! murmura Georges. Il aurait voulu nous refaire encore !

— Par bonheur, tu étais là !

— Oui. Il te reste encore cent cinquante piastres.

— Mais je dois un peu partout, aux marchands.

— Paie tout de suite.

— Voilà Hadji ! Il va chez Alexandre !

— Dieu le garde !

— Tu iras demain avec lui à sa vigne ?

— Oui, cela vaudra mieux. »

Le lendemain, de grand matin, Hadji, monté sur son âne, se mettait en route avec Alexandre quand Georges sortit de chez lui en déclarant du ton le plus naturel :

« Tu vas à ta vigne, Hadji ?

— Oui !

— Il fait beau ! J'ai envie de t'accompagner !

— Viens donc, mon fils, tu nous tiendras compagnie. »

Georges jeta un regard sur Alexandre. Il lui sembla que celui-ci faisait la grimace avec son long nez jaune dans sa barbe noire.

« Tiens, se dit Georges, le coquin avait

il médité un mauvais coup ? Bah ! nous verrons bien. »

Quelques pas plus loin, la petite troupe rencontra Hélène et Medgé qui revenaient de la fontaine.

« Hola ! Vous allez aux vignes ? demanda Medgé.

— Oui, répondit Georges. A ce soir !

— A ce soir ! »

Et les fillettes virent les hommes disparaître au tournant.

« Je voudrais qu'ils soient de retour ! murmura Hélène.

— Moi aussi !

— Si nous avions été avec eux ?

— On ne nous l'a pas demandé !

— C'est vrai : c'est peut-être mieux ainsi.

— A ce soir, à la porte de l'Ouest.

— Oui, avant le coucher du soleil.

— Entendu ! »

Le soleil déclinait doucement sur les murailles de Salonique quand Hélène rejoignit Medgé près de la porte de l'Ouest. Une foule bariolée et grouillante entrait et sortait de la ville. Des gens criaient, des chars traînés par des bœufs s'arrêtaient soudain et entravaient la circulation. Alors, tout le monde de s'injurier avant de reprendre son petit train-train.

Medgé était assise sur une grosse pierre et croquait des bonbons quand Hélène lui demanda :

« Tu ne les as pas vus passer ?

— Non, pas encore !

— Pourtant, il est tard !

— N'importe, ils seront restés longtemps aux champs.

— Attendons. »

Elles s'assirent près de la porte, regardant, puis interrogeant les passants. Mais personne n'avait vu Hadji.

Tout à coup, Medgé avisa le potier Porphyros.

« Hé ! Porphyros ! As-tu vu mon père Hadji ?

— Où cela, mon doux miel ?

— Sur le chemin, près de sa vigne ?

— Hé non ! Et pourtant, je viens de par là.

— Tu ne l'as pas même aperçu de loin ? »

Porphyros se gratta la tête et dit :

« Non, je vais te dire... J'étais allé vendre mes pots près du village d'Antonis, près des vignes de ton père, quand j'ai rencontré des gens qui couraient, qui se sauvaient. « Cache-toi, Porphyros ! ont-

ils crié, cache-toi ! — Pourquoi, ai-je demandé ? — Parce que Angropoulo, le brigand, est près d'ici. On a entendu des coups de feu.

— Des coups de feu ! s'écria Hélène, dis-tu vrai, Porphyros ?

— Je n'ai rien dit ! Si un malheur était survenu, il ne faudrait pas qu'Angiopoulo sût que j'ai pu le dénoncer. Il me tuerait ! Songe que j'ai quatre petits enfants.

— Oui, je sais... Mais pourquoi dis-tu cela, Porphyros ? Tu sais quelque chose ?

— Mais non. Dieu m'en garde ! Je te dis que j'ai entendu des coups de feu, mais c'est la guerre.

— Mais l'on t'a dit qu'Angiopoulo était descendu près du village ?

— Oui et non... On me l'a dit, mais je ne l'ai pas vu, car je suis revenu aussitôt près des portes, devant la ville, où tout le monde passe. J'ai fait une bonne journée. Regarde, mon âne n'a presque plus rien. Bonsoir !

— Parle encore. Tu ne sais rien de plus ?

— Mais non, rien !

— Tu n'as pas vu Hadji ?

— Non ! Et puis, peut-on croire toutes les rumeurs des villages ou du bazar ?

— Décidément, Porphyros, tu me caches quelque chose.

— Moi ? Mais non ! »

Et le potier chercha à s'éloigner en frappant son âne, mais la bête têtue refusa d'avancer.

« Laisse ton âne, Porphyros, dit Medgé de sa voix la plus suave, ou je te ferai rouer de coups par quelqu'un que je connais et que tu crains, par certain Bulgare.

— Grâce ! s'écria le pauvre potier, je n'ai rien vu, je n'ai rien répété... Mais tout le monde me menace donc, aujourd'hui ? »

Et le petit homme jeta des regards épouvantés sur la place que la nuit commençait à obscurcir.

« Comment, tout le monde te menace, aujourd'hui ? demanda Medgé. Tu vois bien que tu as fait une mauvaise rencontre... Ah ! Porphyros, il n'est pas bien de mentir.

— Je ne mens pas.

— Je ne mens pas. Je... ne me force pas à parler, je n'ai rien vu.

— Allons, Porphyros, dit Medgé, en sortant une piécette d'argent de sa ceinture, je te donnerai cela si tu me racontes ce que tu sais.

— Mais je ne sais rien ! Aie pitié d'un pauvre malheureux, donne-moi la pièce.

— Parle d'abord.

— Je ne sais rien !

— Alors, pas d'argent !

— Que veux-tu que je dise ?

— Ce que tu sais. Regarde comme elle est belle, la pièce d'argent ! Avec cela, tu pourras nourrir tes fils demain.

— Eh bien ! voilà. Sur la route d'Antonis, j'ai entendu des coups de feu.

— Ah ! quand ?

— Il y a deux heures.

— Où étais-tu ?

— Je courais vers Antonis.

— Tu m'as dit que tu n'y avais pas été par crainte des brigands...

— C'est ce que je dis. je n'ai pu y parvenir. Je venais d'apercevoir sur la route Hadji et deux hommes, dont le Bulgare tu sais ? Tout à coup, un démon s'est jeté sur moi et m'a mis une couverture sur la tête, et avant que j'aie pu m'en dépêtrer il n'y avait plus personne sur la route que mon âne.

— Et Hadji ? Et Alexandre ? Et le Bulgare ?

— Disparus, te dis-je !

— Disparus !

— Mais je n'ai rien dit ! supplia le potier. Jure de ne jamais répéter mes paroles... Je n'ai rien vu, rien entendu !

— Voici la pièce, va-t'en et sois sans crainte. »

L'homme ne se le fit pas dire deux fois et s'éloigna au trot de son âne.

« Que faire ? dit Medgé d'une voix tremblante.

— Je ne sais pas. rentrons, j'ai peur !

— Allons !

— Ils reviendront peut-être ce soir. Espérons.

— Allah veille sur nous ! »

Silencieuses, elles regagnèrent leur logis. Quels cris alors, quand elles eurent narré à leur mère ce qui était survenu ! Mme Kallistidès et l'aïeule se rendirent chez Fatima pour veiller. Ce fut une longue nuit cruelle. De temps en temps, l'on entendait des bruits de pas dans la ruelle. Étaient-ce Hadji et Georges ? Mais les pas s'éloignaient. Enfin. le jour parut. Medgé et Hélène coururent à la porte de l'Ouest. en quête de nouvelles.

Le soleil était déjà haut et chaud quand elles virent un brouhaha. une foule qui criait et gesticulait et. dans cette foule, monté sur un mulet et soutenu par un Turc. Alexandre, les vêtements en lambeaux, le front ensanglanté. la barbe arrachée. sale et couvert de poussière. les bras et les jambes rougis par des cordes qui l'avaient serré.

Medgé poussa un cri et courut à lui. fendant la foule :

« Mon père ? »

Alexandre fit une grimace qui se termina par un long sanglot et, se tortillant sur sa monture :

« Hélas de moi ! Ma pauvre Medgé !

— Mon père Hadji ? redemanda la petite, anxieuse.

— Hélas ! le pauvre, où est-il ?

— Et Georges Benesco ? s'écria Hélène.

— Disparu ! Disparu aussi Hadji, sanglota Alexandre. Voyez ce qu'ils m'ont fait, les lâches ! »

Et il montrait ses poignets meurtris.

« Qui t'a fait cela, Alexandre ?

— Lui, le bandit ! Angiopoulo et l'autre.

— Quel autre ? Parle !

— Voilà, ils se sont jetés sur nous ! Ils m'ont ficelé et bâillonné et caché dans un buisson où j'ai passé la nuit.

— C'est là que je l'ai trouvé, murmura un Turc avec pitié.

— Oui, j'ai cruellement souffert, et l'on m'a volé, l'on m'a battu !

— Mais mon père ? cria encore Medgé.

— Et Georges Benesco ? cria Hélène.

— Enlevés, disparus ! Je ne sais ! »

Et Alexandre, toujours soutenu, s'en fut chez lui, tandis qu'Hélène et Medgé suivaient, saisies de crainte et des larmes dans les yeux.

Hadji et Georges avaient disparu, enlevés par un brigand... C'était fini. Tous les malheurs tombaient sur elles.

CHAPITRE XI

Après la disparition de Benesco et de Hadji qu'il avait si bien préparée, Alexandre se trouva maître de la situation ; il ne restait que des femmes dans les maisons ennemies, et il était sûr d'en venir à bout.

L'époque de l'échéance arrivait pour la famille Kallistidès, et il s'en fut réclamer son argent, sachant bien qu'on ne pourrait le lui donner et que Benesco ne serait pas là pour prêter secours, car c'était lui qui avait gardé le reçu de l'Arménien.

« Nous t'avons payé trois cent cinquante piastres Alexandre, mais nous n'avons pas le reçu.

— Nous te donnerons la vigne et tu feras la récolte, dit Mme Kallistidès, en attendant le retour de mon mari.

— La récolte ! hurla Alexandre, vous vous moquez de moi ! Elle est faite, la récolte, toutes les troupes alliées s'en sont chargées ! Votre vigne est ruinée pour plusieurs années.

— Alors, tu prendras la maison, dit en pleurant la malheureuse femme.

— Ça ne vaut pas cher, mais c'est mieux, répondit l'usurier ; je prendrai la maison, et ce sera pour mon fils, car, tu sais les conventions : ta fille doit épouser mon fils. Ils seront très bien ici, tu pourras même demeurer avec eux. »

Mme Kallistidès ne savait que se lamenter et joignait ses plaintes aux gémissements de la vieille aveugle dont tous ces tristes événements hâtaient la fin.

Hélène pleurait en se voyant abandonnée.

L'après-midi, l'Arménien revint avec son fils. Il apportait à Hélène des fichus de soie et un bracelet gravé.

Le pauvre bossu suivait son père et avait l'air encore plus malheureux que la jeune fille, mais, entre les mains de l'Arménien, il n'était qu'un instrument docile, un enfant craintif.

L'aspect du malheureux était plus pitoyable que terrifiant. Son corps était malingre, déformé par sa monstrueuse gibbosité ; ses bras, trop longs, étaient si maigres, si faibles, qu'ils ne pouvaient faire un seul effort ; ses jambes, trop courtes, ne pouvaient défier nul adversaire. Sa tête énorme semblait mal à l'aise entre ses épaules remontantes et, malgré la grosseur exagérée du crâne, le visage était maigre. Le front proéminent était toujours couvert de cheveux en désordre. Mais on oubliait tant de laideur et de disgrâce en contemplant les yeux magnifiques de l'infirme, brillant tour à tour de la flamme merveilleuse de l'intelligence et de la tendresse.

« Ainsi, c'est entendu, dit Alexandre, dans quelques jours, nous parlerons du mariage. Viens, mon enfant, annoncer la nouvelle à ta mère. »

Et, entraînant son fils, il laissa les deux femmes consternées.

Ainsi, voilà le sort cruel que les conséquences de la guerre réservaient à la malheureuse Hélène. Elle se révoltait à l'idée d'épouser l'affreux bossu et, déjà, naissait dans son cerveau des projets d'évasion. Oui, elle aimait mieux fuir dans la montagne, n'importe où...

Le lendemain soir, comme elle revenait de porter une broderie chez Constantine, Hélène s'entendit appeler tout bas au coin d'une ruelle étroite et déserte où déjà tombait l'ombre du soir. Craignant un piège, elle se recula, effrayée.

« Ne crains rien, dit très doucement celui qui l'avait appelée, c'est moi, Dimitri ! »

Et, dissimulé dans un angle, elle aperçut le bossu qui la regardait avec admiration.

« Il faut que je te parle, dit-il.

— Il faut que je rentre, répondit-elle ; nous aurons bien le temps de causer, plus tard.

— Non, non, reprit l'infirme, ce que j'ai à te dire, il est nécessaire que je te le dise tout de suite.

— Laisse-moi m'en aller !

— Écoute-moi et tu ne le regretteras pas. »

Il avait dit cela d'un air si convaincu qu'Hélène fit un pas vers lui.

« Je t'aime trop, reprit l'infirme, pour vouloir que tu sois malheureuse, et je sais bien que tu souffrirais d'être ma femme, aussi j'ai voulu te rassurer. Ne crains rien, tu ne m'épouseras pas.

— Mais ton père m'y forcera !

— Pour épouser un homme, il faut qu'il soit là ; le jour de la noce, je n'y serai pas.

— Où seras-tu ?

— Qu'importe ! Je t'aurai sauvée, c'est le principal. En partant, je ne regretterai que toi, j'ai tant souffert ! Adieu, Hélène, ta présence a été ma seule joie.

— Adieu, Dimitri, » dit Hélène, avec un regard d'amicale reconnaissance.

Elle allait partir, mais, s'approchant de nouveau de l'infirme, elle dit :

« Ne peux-tu me dire où se trouve Georges Benesco ; puisque ton père était avec lui le jour de la disparition, il doit le savoir.

— Georges Benesco ? Il t'intéresse ? Tu voudrais savoir où il est ? Eh bien ! je ne te le dirai pas ! »

Et il s'en fut en jetant un ricanement douloureux qui troubla de pitié le cœur d'Hélène.

CHAPITRE XII

Les malheurs semblaient s'accumuler pour la famille Kallistidès et pour celle d'Hadji.

La vieille aveugle, que la paralysie clouait depuis des années sur son lit de douleur, s'était éteinte un soir, entre les bras de sa fille, en gémissant sur les atrocités de la guerre, mais heureuse à l'idée que la Grèce triomphait.

On avait donné la sépulture à l'aïeule, et la maison avait paru plus vide aux femmes que ne consolait plus et ne rassurait plus la présence de Benesco.

Les jours coulaient, monotones, emplis d'angoisse à la pensée des absents. La pauvre Mme Kallistidès passait son temps à prier ; elle semblait avoir perdu toute raison d'être, ne voulait se livrer à aucun travail et ne touchait même plus à ses friandises préférées.

Hélène et Medgé avaient repris leurs travaux de broderie, mais, penchées sur leur métier, elles n'échangeaient que de rares paroles. Nulle chanson n'emplissait à présent la maison silencieuse, et la petite Turque ne laissait plus vagabonder sa merveilleuse imagination pour conter à sa grande amie des histoires féeriques que n'eût point reniées la sultane Shéhérazade.

Elles n'osaient se dire leurs peines, mais sans cesse elles songeaient aux absents, à Kallistidès, depuis si longtemps disparu, à Hadji, à Benesco, leur soutien, leur dernier espoir, disparu, lui aussi.

Un soir qu'Hélène allait à la fontaine puiser de l'eau, un vieux mendiant s'approcha d'elle, la main tendue. La jeune fille eut peur et se recula, effrayée.

« Ne crains rien, lui dit le vieillard, n'es-tu pas la fille du juste Kallistidès ?

— Oui, répondit-elle, la voix tremblante.

— Alors, viens demain, trois heures après le lever du soleil, à l'église San Dimitri, je te donnerai des nouvelles de quelqu'un qui t'intéresse. »

Hélène allait questionner cet homme en

haillons, mais elle n'en eut pas le temps, il était déjà loin.

Elle courut dire la chose à Medgé. Elle était résolue à se rendre à San Dimitri, mais elle craignait un piège du redoutable Alexandre.

« Je t'accompagnerai, dit Medgé, je me cacherai et j'observerai ce qui se passera ; si l'on voulait te faire du mal, j'appellerais des soldats à ton secours ; si l'on voulait t'enlever, je suivrais tes ravisseurs, et je te ferais délivrer, mais il ne faut pas perdre l'occasion de sauver peut-être ceux que nous aimons. »

Hélène ne dormit guère, car la peur et la joie tour à tour la tenaient éveillée. Elle se leva comme le soleil, puis, lorsqu'elle fut prête et que tout fut en ordre dans la maison pleine de silence, elle partit pour aller au marché. Elle alla chercher la petite Medgé et toutes deux, bravement, s'en allèrent à San Dimitri. Un vieux mendiant se tenait à la porte. Hélène marcha vers lui, tandis que Medgé se cachait à l'angle d'une ruelle d'où, facilement, elle pouvait voir son amie.

Hélène s'approcha de l'homme, lui offrant une pièce de monnaie, car elle n'était pas sûre que ce fût lui qui, la veille au soir, lui avait donné rendez-vous.

« Dieu bénisse la fille de Kallistidès ! lui dit l'homme, qui parlait grec.

— Dieu te garde ! répondit la jeune fille. Sais-tu où se trouve mon père ?

— Sans doute dans la montagne. Mais je sais sûrement où l'on a enfermé Georges Benesco.

— Vraiment ? fit Hélène, dont le visage s'éclaira de joie.

— Oui. Monte à droite de l'église, prends la seconde rue, puis la troisième... Cherches-y l'impasse du Bœuf. Dans la dernière maison, Benesco est prisonnier. Il y a une brèche au mur, du côté du jardin. Va-t'en ! On ne peut causer trop longtemps dans les rues sans être soupçonné.

— Merci, dit Hélène... mais si ce n'est pas un piège...

— Enfant, je suis trop vieux pour mentir. A mon âge, on est près de paraître devant Dieu. »

Et le vieillard redressa sa haute taille majestueuse. Ses cheveux blancs formaient une auréole autour de sa tête magnifique ; il tenait son bâton comme un sceptre et traînait ses haillons comme un manteau de pourpre, et la jeune fille fut impressionnée par tant de majesté.

« Qui donc es-tu ? demanda-t-elle.

— Je suis, répondit-il en grec, un vieillard qui passe et qui chante la gloire de sa patrie. »

Puis il s'en alla vers la place inondée de clarté, et la fille de Kallistidès crut qu'elle venait de voir le vieil Homère dont son père lui avait tant parlé.

Lorsque le vieillard eut disparu, courbé de nouveau sur son bâton en tendant la main, elle courut rejoindre Medgé et lui conter ce que lui avait dit le mendiant.

« Courons à l'impasse du Bœuf, dit l'impétueuse Medgé.

— Il vaut mieux, dit Hélène, que nous retournions chez nous, ta mère et la mienne seraient inquiètes ; nous reviendrons au coucher du soleil, et nous apporterons quelques provisions et un outil quelconque pour aider le prisonnier à s'évader. »

Elles descendirent donc chez elles et travaillèrent comme de coutume, suivant avec anxiété la course du soleil ; elles s'échappèrent sous prétexte que Constantine les attendait pour leur apprendre un nouveau point.

Elles gagnèrent l'église, suivirent le chemin qu'avait indiqué le mendiant et, sans trop de peine, trouvèrent l'impasse du Bœuf. La dernière maison était abandonnée ; elle était séparée de sa voisine par une sorte de petit couloir sombre et infect dans lequel les jeunes filles pénétrèrent. Elles suivirent un mur qui fermait un jardin inculte et découvrirent bientôt la brèche par laquelle elles devaient passer.

Il fallut retirer des pierres pour agrandir le trou, puis Medgé, très menue, passa, s'assura que le jardin était vide et aida enfin Hélène à y pénétrer. Tout poussait dans cet enclos à la grâce de Dieu ; il y avait des fruits et quelques fleurs, l'herbe rase et sèche envahissait tout. Du jardin, les jeunes filles pénétrèrent dans une petite cour sombre que fermaient de tous côtés des bâtiments en ruine. Les grillages des moucharabichs s'en allaient en morceaux, les portes étaient vermoulues. Vraiment cette cour avait l'air sinistre, et les deux amies tremblaient d'épouvante dans cette solitude.

Elles allaient le long des vieilles maisons, se tenant par la main. Elles arrivèrent ainsi à une sorte de voûte pratiquée dans le mur et qui donnait accès à un étroit couloir transversal. Devant elles, face à la voûte, il y avait une grille qui fermait un autre couloir au bout duquel s'ouvrait une porte en bois au

GEORGES BENESCO, HÉLÈNE ET MEDGÉ
S'ÉLANCÈRENT VERS LA BRÈCHE DU MUR

milieu de laquelle était pratiquée une ouverture ronde.

« Si nous appelions ? dit Medgé.

— J'ai peur de parler dans ce silence. Si quelqu'un venait...

— Nous ne pouvons cependant pas rester là et ne rien tenter, puisque nous sommes venues. »

D'une voix tremblante d'émotion, Hélène appela :

« Georges ! »

Mais elle ressentait une telle émotion que cet appel n'avait été qu'un souffle auquel rien ne répondit. Enhardie, elle appela plus fort :

« Georges !

— Qui m'appelle ? »

A ces mots, elles entrevirent, aux lueurs du crépuscule, le visage de Georges par l'ouverture ronde pratiquée dans la porte de bois.

« C'est moi, Hélène... Je suis avec Medgé. Ne pouvons-nous rien pour te sauver ?

— Ne restez pas devant cette porte, cachez-vous dans le fond du petit couloir. Un enfant va venir m'apporter des provisions: il ouvrira la grille pour pénétrer jusqu'ici. A ce moment, précipitez-vous sur lui, et tandis que l'une de vous le tiendra, nous viendrons bien à bout de cette porte dont j'ai déjà ébranlé les gonds. Cachez-vous. Si un homme venait à la place de l'enfant, ne tentez rien pour aujourd'hui. »

Les deux jeunes filles obéirent et ne tardèrent pas à entendre du bruit dans la cour. Elles se serrèrent, tremblantes, dans l'ombre du mur, et, presque aussitôt, virent arriver un enfant que, tout de suite, elles reconnurent pour un petit Arménien.

Il posa devant la grille un panier qui contenait les provisions destinées à Benesco, prit une clé, ouvrit la grille toute grande, s'empara du panier, entra dans le couloir se dirigeant vers la porte de bois. A ce moment, les deux jeunes filles coururent à la grille dont Medgé prit la clé.

Au bruit qu'elles firent, l'enfant se retourna, voulut sortir, mais fut pris comme un oiseau dans un piège ; il essaya de crier, un petit châle de soie lui ferma la bouche ; il se débattit, voulant fuir, une ceinture lui lia les jambes, tandis que des coups vigoureux ébranlaient déjà la porte qui ne tarda pas à céder, grâce au marteau apporté par Hélène

Lorsque Georges fut libre enfin, on délia le petit Arménien qu'on porta sur la paille du cachot, on referma la grille sur laquelle on laissa la clé afin que, revenu à lui, l'enfant se pût délivrer ; les trois fugitifs traversèrent la cour, le jardin, la brèche du mur, sans trop savoir ce qu'ils faisaient, possédés par le besoin de sortir de cet enfer et, dès qu'ils furent loin, un besoin irrésistible de rire enfin, de crier, de se détendre les prit, tant ils avaient été étreints par l'émotion.

Par mille détours ils gagnèrent enfin la maison de Kallistidès où la mère d'Hélène, en compagnie de Fatima, se lamentait sur le sort de ces enfants imprudentes qu'elle croyait perdues, elles aussi.

En arrivant près de la maison, les trois jeunes gens aperçurent Alexandre qui sortit dans la rue pour s'assurer qu'il n'était pas fou et qu'il avait bien devant lui Benesco en chair et en os. Lorsqu'il en fut certain, trop circonspect pour ne pas cacher la colère qui grondait en lui, il se confondit en politesses et manifesta une joie bruyante à revoir le jeune homme. Au fond de sa pensée, une question se posait : comment Benesco avait-il pu sortir de sa prison, comment se trouvait-il avec les jeunes filles ? L'Arménien ne fut pas loin de soupçonner la petite Medgé et lui jeta un regard chargé de haine lorsqu'elle entra, à la suite d'Hélène et du Bulgare, dans la demeure du Grec.

Dès qu'ils furent dans la maison, où la présence de Georges ramenait un peu de confiance, le jeune Bulgare raconta aux femmes qu'il avait été pris, ainsi qu'Hadji et Alexandre, dans une embuscade le jour qu'ils s'en allaient voir les vignes.

Benesco, sous bonne escorte, avait été conduit la nuit dans la prison d'où les jeunes filles venaient de le délivrer.

« Et mon pauvre père est mort! dit la petite Medgé en pleurant.

— Détrompez-vous, courageuse petite fille, j'ai vu emmener Hadji, il est certainement prisonnier aussi, et vous le reverrez moyennant rançon.

— Mais, dit Fatima, on nous a rapporté ses vêtements en nous disant qu'on l'avait trouvé mort dans un puits.

— On vous l'a dit, mais vous ne l'avez pas vu. En ce pays, et en temps de guerre, il ne faut croire que ce que l'on voit. Espérez donc et tâchez de le racheter quand on viendra vous proposer le marché.

— Nous vendrons tout ce que nous avons, dit Medgé, je donnerai même mes bracelets. »

Et la vaillante petite fille qui était capable de risquer sa vie, jeta un long regard de détresse sur les anneaux d'argent qui s'entre-choquaient autour de son poignet.

Alexandre était rentré furieux du retour de Georges ! ce diable d'homme était capable de faire échouer tous ses projets, aussi fallait-il se hâter de célébrer le mariage de Dimitri et d'Hélène. Il s'en fut le lendemain trouver la fille de Kallistidès.

« Ma chère fille, lui dit-il, l'échéance est pour demain. Tu as déjà reçu de menus cadeaux de ton fiancé ; demain nous t'apporterons de beaux présents et nous viendrons régler les détails et fixer le jour de la cérémonie.

— Voleur! s'écria la jeune fille indignée. Tu oses venir réclamer encore à présent que Benesco est revenu et que tu sais qu'il t'a payé!

— Benesco, lui, il m'a payé? Mon Dieu! Ai-je perdu la raison? Tu dis qu'il m'a payé? Mais alors ma pauvre mémoire, si bonne, si fidèle jusqu'à ce jour, serait donc égarée? Je n'ai point souvenance d'avoir été payé.

— Imposteur! Tu sais bien que si.

— Je l'ai peut-être su, mais, hélas! je l'ai totalement oublié; la vieillesse est une triste chose, qui vous enlève ainsi des souvenirs. Mais je te crois, je te crois, ma colombe, si Benesco m'a payé, du reste, il a un reçu, car en affaires, je suis ordonné et loyal.

— Certainement, il en a un, signé de toi! »

Et la jeune fille triomphante déjà appela Georges.

Le jeune homme qui travaillait à l'étage supérieur de la maison descendit, et tout de suite Hélène lui demanda:

« N'est-ce pas, Georges, que tu as le reçu d'Alexandre, que nous avons payé les dettes de mon père et tout l'intérêt ?

— Mais certainement.

— Eh bien, montre-le-lui, ce reçu, car il réclame encore, et prétend que nous n'avons pas payé.

— Il réclame, lui, le fripon!

— Je réclame..., je réclame..., sans réclamer, dit Alexandre, je ne me souviens plus. Il s'est passé tant et tant de choses en ces jours, que mon pauvre esprit est troublé, mais en voyant le reçu, ma mémoire reviendra. »

Benesco se fouillait, il avait ouvert sa tunique et cherchait dans la poche intérieure, rien! il ne trouvait rien. Il vidait son portefeuille, les mains tremblantes, pâle d'émotion, le papier ne s'y trouvait pas.

« Mais où est-il, mon Dieu, je l'ai perdu!

— Vous voyez, dit l'usurier, j'avais raison, je sais si bien mes comptes! J'étais sûr que vous n'aviez pas payé.

— Oh ! je t'en prie, disait Hélène en larmes, cherche encore ce papier, c'est le bonheur de ma vie qui est en jeu, si tu ne le trouves pas, je serai forcée d'épouser le fils de cet homme maudit.

— Toi ? Epouser cet infirme ! s'écria le jeune homme; jamais je ne supporterai ça, jamais!

— Il faudra bien, mon petit monsieur, reprit Alexandre, une fille honnête acquitte les dettes de son père ; il faudra bien que cette douce colombe épouse mon fils bien-aimé. Allons, au revoir, jeunes gens, je reviendrai demain avec Dimitri apporter les cadeaux à la fiancée ; je vais l'aider à les préparer, à demain. »

Il sortit, laissant les deux jeunes gens atterrés. Il eut au seuil un soupir de triomphe, et referma l'huis comme on ferme la porte d'une prison.

Hélène se lamentait toujours. Pour la vingtième fois, elle reprenait un à un les papiers sans trouver le reçu.

« Mon Dieu! je suis perdue, dit-elle, et j'aime mieux mourir que d'épouser Dimitri.

— Mourir ! tu n'y penses pas ! Laisse-le tranquillement faire ses préparatifs, moi, dit Benesco, je vais combiner un plan d'évasion ; ne te désole pas, nous avons encore des jours devant nous pour échapper à notre ennemi et des années de bonheur pendant lesquelles nous en rirons. »

Malgré la belle assurance du jeune homme on ne dormit guère cette nuit-là, et la brave Mme Kallistidès avait proposé de gagner tout de suite la montagne.

Le lendemain, Hélène, énervée par l'attente des événements, allait tristement à travers la maison, tandis que Georges essayait de lui faire reprendre courage quand arriva la petite Medgé. Ah ! elle n'était pas triste la petite Medgé, et la pauvre Hélène se demandait comment son amie pouvait conserver ce visage sachant toute la peine que lui réservait le jour qui venait de commencer.

« Comme vous avez l'air content ce matin ! s'écria Georges en la voyant.

— Ah! c'est qu'il arrive une chose inouïe, incroyable, une chose si drôle!

— Mais enfin, quoi ? demanda impatiemment Hélène qu'agaçait la gaîté de Medgé. Quelle chose drôle peut-il arriver à présent, je me le demande.

— Tu ferais bien mieux de me le demander, à moi, répondit la petite. Ah ! oui, c'est drôle ! »

Et, sans pouvoir parler, elle se mit à rire de plus belle devant les jeunes gens étonnés de cette hilarité qui leur paraissait intempestive.

Lorsqu'elle put enfin parler, Medgé leur dit :

« Maintenant, je suis sûre que vous rirez aussi. Le fiancé d'Hélène a disparu cette nuit, il s'est volatilisé!

— Est-ce possible ! s'écria Hélène qui se souvint de la promesse du petit bossu.

— C'est mieux que possible puisque c'est vrai. Ah! il fallait voir Alexandre chercher son fils! Il gémissait, il l'appelait des noms les plus tendres : Soleil de ma vie ! Gaîté de mes vieux jours ! Que sais-je moi! Anna courait derrière lui en répétant tous les mots qu'il disait. Mon Dieu que c'était drôle!

— Mais tout ça ne nous dit pas comment on a su qu'il s'était volatilisé, comme tu le dis si bien.

— On a découvert un mot que le garçon avait laissé, disant qu'il était inutile de le chercher, qu'à l'heure où l'on trouverait le billet, il serait loin, dans un asile sûr d'où son intention est de ne plus jamais sortir. Il doit être enfermé dans quelque couvent. Et maintenant Alexandre pourra peut-être encore prendre vos vignes et votre maison, mais il ne pourra pas le faire épouser son bossu; c'est toujours ça.

— Ah! que je suis heureuse, dit Hélène en se jetant dans les bras de Georges, que je suis heureuse ! »

Benesco se demandait quel motif avait pu pousser le petit bossu à se sauver de la maison paternelle. Mais Hélène eut une pensée émue et reconnaissante pour le malheureux Dimitri qui avait loyalement tenu sa promesse.

CHAPITRE XIII

Hélène, Medgé et leurs mères travaillaient ferme depuis quelques jours pour gagner leur pain. Elles s'apprêtaient à partir pour la campagne où une petite maison restait encore à Mme Kallistidès ; cependant l'on s'attardait encore à Salonique pour Georges Benesco. Hélène était inquiète à son sujet. En effet, les rumeurs du bazar étaient mauvaises. Grecs et Bulgares étaient brouillés, une querelle s'était élevée entre eux et une nouvelle guerre meurtrière allait encore coûter la vie à bien des hommes.

Déjà, depuis quelque temps, Georges Benesco racontait que les Grecs murmuraient sur son passage et qu'on l'injuriait tout bas, sans oser lui en faire davantage.

« Mais cela ne tardera pas, — disait-il en riant, car il était toujours de belle humeur. Et je crois que les miens feraient mieux de plier bagage au plus vite. »

Un matin qu'Hélène et Medgé étaient allées chez Constantine, elles furent toutes surprises d'entendre soudain le bruit des coups de feu, une rumeur vague qui montait de la ville du côté de l'église Sainte-Sophie.

« Qu'est cela ? » demanda Hélène à des soldats grecs qui marchaient au pas accéléré.

Un soldat répondit :

« On mitraille les Bulgares! »

Hélène frémit, elle demanda encore en courant derrière les femmes :

« On tue les Bulgares, pourquoi ? »

Le soldat haussa les épaules!

« Ils ont tué, puis ils n'ont pas voulu partir d'ici, alors on les tue.

— Tous?

— Oui, ceux qui ne voudront pas se rendre. »

Hélène laissa les soldats s'éloigner et resta toute tremblante. Medgé la rejoignit et demanda tout bas.

« Où est Georges?

— Je ne sais pas. Il était de garde cette nuit et devait partir à la première heure du jour pour le fourrage. Il ne doit pas être armé, peut-être a-t-il pu se mettre à l'abri.

— Entends-tu ? C'est le canon.

— Non, je crois que ce sont les mitrailleuses.

— Sur quoi tire-t-on?

— Je ne sais! Il faut aller voir.

— Si nous pouvions sauver Georges !

— Oui, il le faut ! »

Elles coururent par le dédale des rues, se heurtant à des patrouilles qui les laissaient difficilement passer, et parvinrent enfin dans le quartier de Sainte-Sophie.

D'une rue assez lointaine, elles apercevaient la place Sainte-Sophie, son minaret, le jardin et la fontaine.

Des soldats grecs qui barraient la rue, interrogés par Hélène, expliquèrent que les Bulgares étaient réfugiés dans les jardins, que quelques-uns étaient même dans le minaret et de là tiraient sur les Grecs trop imprudents qui s'approchaient, car l'on ne voulait pas mitrailler l'église et l'on attendait pour charger à la baïonnette.

« Ce sera horrible ! gémit Hélène.

— Bah! ils en ont fait bien d'autres! expliqua le soldat.

— Mais j'entends la mitrailleuse ! dit Hélène.

— Mais oui, petite, regarde, on bombarde la maison sur la place. Vois donc, il y a des Bulgares là dedans. Ah ! ils se défendent bien, les coquins, Boum, le coup n'a pas porté. On vise mal. »

Le fracas devenait intolérable l'on entendait les cris des blessés, la fumée obscurcissait le ciel.

Medgé dit tout bas.

« Il vaut mieux rentrer, Hélène. Nos mères doivent être inquiètes.

— Oui, c'est vrai, murmura la jeune fille, il faut rentrer. »

Elle jeta un dernier regard sur le lieu du combat. Georges était-il là ? Puis elle suivit Medgé et toutes deux regagnèrent tant bien que mal leur logis. Là, elles trouvèrent leurs mères affolées. La pauvre Mᵐᵉ Kallistidès pleurait et gémissait.

La journée se passa aux écoutes. A quelque coup de canon, ou aux fusillades lointaines, les femmes tremblaient et parfois Mᵐᵉ Kallistidès se bouchait les oreilles et poussait des cris aigus, puis elle éclatait en sanglots.

« Pauvre Georges Benesco, il est mort, sûrement ! »

Hélène suppliait, désespérée.

« Tais-toi, maman, tais-toi ! »

Les heures passèrent angoissantes. Le jour déclina et le canon tonnait toujours. La nuit vint et les bruits s'espacèrent.

Mᵐᵉ Kallistidès s'assoupit tandis que Medgé et Hélène, plus inquiètes que jamais, mais espérant toujours, se mirent à la fenêtre, guettant dans l'ombre.

Des groupes de gens passaient en hâte dans les ruelles transversales ; parfois on entendait une fusillade suivie de cris sauvages, et Hélène frissonnait; on venait de massacrer encore des hommes !

Peu à peu, le calme se faisait dans la ville, les coups de feu devenaient plus rares, et Hélène ne cessait de guetter. Tout à coup, elle tressaillit. Des pas, des pas hâtifs résonnaient sur le pavé... Plus rien, et les bruits recommençaient, devenaient plus forts. Ah ! cette fois, c'était bien lui, c'était Georges Benesco !

Hélène se pencha et aperçut le long du mur une ombre qui se traînait avec peine et qui venait vers sa maison.

Elle murmura :

« Medgé, c'est lui ! »

Alors toutes deux se levèrent d'un bond, sortirent et arrivèrent à temps pour soutenir Georges Benesco qui s'affaissa dans leurs bras avec un soupir et tomba évanoui.

En hâte, elles le traînèrent dans la maison, refermèrent les portes et le posèrent sur le divan. Déjà Fatima s'empressait.

« Il est blessé ! »

HÉLÈNE RÉUSSIT, EN PRÉSENCE DES SOLDATS GRECS ET D'ALEXANDRE, A SE FAIRE UNE ENTAILLE A LA MAIN

En effet, Georges Benesco était méconnaissable. Il était dépouillé d'une partie de son uniforme bulgare et à demi déguisé en Turc, mais il avait encore ses chaussures et sa culotte d'uniforme. Il semblait criblé de balles dont aucune ne l'avait blessé profondément, mais elles avaient dû lui faire perdre beaucoup de sang.

Cependant, le jeune homme était toujours évanoui. Medge faisait le guet à la fenêtre. Bon, personne ne les avait vus. Georges pouvait être tranquille.

Hélène et Fatima cherchaient à ranimer le jeune homme. Fatima étendait déjà un baume sur les blessures pour arrêter le sang tandis qu'Hélène cherchait à faire couler entre les dents du jeune homme quelques gouttes de cordial pour qu'il reprît vie.

Fatima murmura :

« Aucune balle n'a causé de blessure grave, sauf une près de l'épaule, mais elle est ressortie. En revanche il a perdu beaucoup de sang.

Hélène soupira :

« Regarde, il ne reprend pas connaissance.

— Attends! »

Et Fatima se mit à frictionner les tempes du jeune homme, puis versa à nouveau quelques gouttes de cordial entre ses dents serrées.

« Vois! »

En effet, Georges poussa un grand soupir tout à coup et ouvrit les yeux.

« Hélène! murmura-t-il.

— Je suis là?

— Où suis-je ?

— Chez Fatima ! Souffres-tu ?

— Pas beaucoup, mais je n'en puis plus : j'ai lutté tout le jour dans une maison derrière les volets clos. A la nuit, j'ai pu me sauver par le toit. Mais on m'a poursuivi.

— Crois-tu?

— Sûr ! Il faut me cacher ou fuir.

— Fuir, c'est impossible! Ce soir la ville est fermée. Et d'ailleurs, je ne connais personne d'assez sûr pour te cacher en dehors d'ici !

— Alors cache-moi ici, car on va venir, sûrement on viendra. On est déjà sur mes traces et quelqu'un les guide qui veut ma mort.

— Qui est-ce ?

— Alexandre!

— Oh! Dieu le maudisse!

— Oui, il m'avait suivi ce matin, il a vu la maison où nous étions réfugiés, quelques camarades et moi. Alors, il est allé chercher des hommes pour prendre la demeure d'assaut. Nous avons lutté tout le jour. Mais va, il ne me lâchera pas ainsi. Il aura suivi ma piste, car j'ai perdu beaucoup de sang.

— Oui, c'est vrai. Fatima, où cacher Georges ?

La Turque hésita un moment.

« Je ne sais. Oh ! c'est terrible. »

A ce moment, Medgé intervint.

« Si, on peut le cacher, Je sais où.

— Dis vite.

— Là haut! »

Et Medge désigna le plafond.

« A l'étage supérieur ? demanda Hélène. Mais on le trouvera tout de suite si on fouille la maison.

— Mais non ! Au-dessus encore, dans la soupente du grenier, sous le toit.

— L'escalier est vermoulu et ne tient plus, répliqua Fatima.

— Bah ! il tiendra encore assez pour que Georges puisse y monter, murmura Medgé. Mais, je réponds qu'il sera le dernier.

— Elle a raison, dit Hélène, je ne vois rien de mieux. Georges, peux-tu te tenir debout ?

Le jeune homme se redressa avec effort.

« Oui, cela va encore ! »

Il fit quelques pas en chancelant, Hélène l'aida à gagner le premier étage, puis l'escalier vermoulu qui conduisait au grenier.

« C'est là, fit Medgé. Monte. Non, attends, je glisse cet escabeau sous les marches pour les soutenir ; après, cela ira tout seul. »

Aussitôt dit, aussitôt fait. Medgé glisse l'escabeau sous les premières marches. Georges, prenant son élan et ramassant ses forces, bondit sur l'escalier et, agile comme un chat, se trouva bientôt en haut.

L'escalier eut un craquement sinistre. Medgé repoussa au loin l'escabeau qui soutenait encore les marches vermoulues dont l'une s'effondra, et de ses jolis doigts agiles elle arracha quelques chevilles de bois qui soutenaient les autres marches.

« Comme ça, dit-elle, si on essaie de monter, tout croulera. On verra qu'il n'y a personne caché là-haut. »

Fatima parut portant le couvre-pieds, sur lequel Georges s'était étendu en bas.

« Il y a du sang sur l'étoffe, fit-elle. Il vaut mieux la faire passer au Bulgare. Il se couchera dessus, et si l'on vient, il n'y aura plus de traces de son passage !

— C'est juste ! fit Hélène. Hé, Georges!

— Voila.

— Attrape! »

Et Medge lança vers le plafond le couvre-pieds ouaté et moelleux ; Georges en saisit un coin au vol et l'attira à lui.

« Je vais m'étendre dessus. Je serai mieux couché.

— Et tu feras moins de bruit en remuant, si l'on venait.

— C'est vrai.

— Descendons maintenant », dit Fatima.

Les petites obéirent.

Elles commencèrent à mettre de l'ordre.

« Il y a des gouttes de sang partout, du seuil jusqu'au divan, dit Medgé.

— Vite, essuie-les. »

Medgé saisit un chiffon et commençait à essuyer quand des pas précipités, un bruit d'armes, des cris, et par-dessus tout la voix glapissante d'Alexandre résonnèrent au dehors.

« C'est là ! c'est là ! je vous dis qu'il **est là, criait l'Arménien.**

— Vite, étends-toi sur le divan pour cacher les taches de sang et dors ! » murmura Hélène à sa mère.

Mme Kallistidès, plus morte que vive, obéit. Au même moment, des coups violents furent frappés à la porte et une voix ordonna en grec.

« Ouvrez ! ouvrez ! »

Hélène, reprenant courage et sentant qu'il fallait payer d'audace, cria d'une voix endormie.

« Qui est là ! »

Déjà Medgé et Fatima s'étaient enroulées dans les grands couvre-pieds, comme des femmes que l'on surprend dans leur sommeil.

« Ouvrez, reprit la voix.

— Je viens ! » fit Hélène.

Et elle alla ouvrir la porte. Six hommes, parmi lesquels Alexandre, tenant une lanterne se ruèrent dans la maison.

« Où est l'homme ? demanda un sergent grec qui dirigeait les autres.

— Quel homme ? demanda Hélène d'un air stupéfait, tandis que Medgé et Fatima se redressaient dans leurs couvertures comme si on venait de les réveiller.

— Comment, quel homme ? Ne fais pas l'innocente. Un Bulgare est caché ici !

— Un Bulgare ? Tu veux dire Georges Benesco ?

— Lui ou un autre, peu importe !

— Mais oui ! c'est lui ! cria Alexandre.

Oh ! un homme dangereux sergent, qui a fait des abominations !

— Tais-toi! Allons, petite, où est l'homme ?

— Mais je ne sais pas !

— Comment, tu ne sais pas, mais l'Arménien nous a dit que le Bulgare se cachait ici.

— Qu'en sait-il ?

— Ne les croyez pas, intervint Alexandre; ces femmes sont menteuses et rusées comme mille démons ! Battez-les! Elles vous diront la vérité. »

Déjà Alexandre levait la main sur Hélène qui ne broncha pas, mais le sergent intervint :

« Holà ! tiens-toi tranquille ! Nous autres, Hellènes, nous ne sommes pas des sauvages. Et toi, petite, dis-nous où tu caches ton Bulgare.

— Hélas ! je ne sais où il est. Il est parti ce matin, on a dû le tuer aujourd'hui! Il n'est pas revenu. L'as-tu vu, toi, Alexandre ? »

Ce dernier ainsi interpellé tressaillit, mais il se remit vite.

« Si je l'ai vu, certes ! Il a fui de la maison d'Hamadié, il a passé sur les toits, le coquin ! Je vous dis qu'il est ici.

— Ici, s'écria Hélène, ici? Eh bien, cherchez-le un peu et vous verrez ! »

Son accent était tellement sincère et elle s'emportait si bien que le sergent grec hésita. Mais Alexandre, toujours haineux et flairant la proie, s'écria :

« Elles mentent ! Elles mentent ! Venez avec moi, je vous dis que nous allons le **trouver dans quelque coin, ce chien de** Bulgare ! »

Mais Hélène était prête à défendre Georges, coûte que coûte ; elle paya donc d'audace et dit avec la plus belle assurance :

« Je vais vous éclairer, fouillez la maison, elle n'est pas grande, ce ne sera pas long et vous ferez bien de ne pas perdre de temps pour ne pas laisser fuir votre gibier. »

De nouveau les Grecs hésitèrent. Le sergent se tourna vers Alexandre.

« Tu nous paieras cela, toi, si tu nous a mis sur une fausse piste et si notre homme a fui ailleurs pendant ce temps.

— Je vous dis qu'il est ici !

— Nous verrons bien. »

Medgé s'était levée à son tour et tenait Hélène par le bras. Une lampe à la main, elles commencèrent la visite de la maison avec les soldats.

Ceux-ci jetèrent un regard dédaigneux

à Fatima qui restait à demi endormie dans sa couverture et sur Mme Kallistidès qui n'avait pas bougé de son divan.

« Il n'y a rien ici ! dit le sergent. Montons. »

La petite troupe grimpa à l'étage supérieur. Ah! le cœur d'Hélène commençait à battre, battre comme s'il allait lui briser la poitrine! Certainement les soldats devaient entendre le bruit de son cœur, et ils se jouaient d'elle.

Elle leur jeta un regard apeuré. Mais non, ils cherchaient attentivement. Allons, c'était à présent qu'il fallait le plus d'audace, car on était dans la pièce où s'élevait l'escalier qui menait au grenier.

Les soldats donnèrent dedaigneusement quelques coups de baïonnettes dans un tas de chiffons dans un coin. Mais non, un homme ne pouvait se cacher là dedans.

Ce fut Alexandre qui avisa l'escalier et le grenier, et s'écria :

« C'est là-haut qu'il se cache ! »

Hélène crut qu'elle allait crier et tomber, d'autant qu'Alexandre la regardait. Mais, prudente, Medgé abaissa brusquement la lampe qu'elle tenait à la main. Le visage d'Hélène se trouva plongé dans l'obscurité.

Alors, la petite Turque dit de sa voix la plus engageante :

« Tu dis que quelqu'un se cache là-haut, Alexandre, monte voir toi-même, moi je ne m'en soucie pas, l'escalier n'est pas solide, je te préviens et l'on risque de se casser le nez.

— Bien, bien, tais-toi, coquine ! »

Et Alexandre bondit sur la marche de l'escalier. Déjà Hélène ferme les yeux d'épouvante. C'en est fait de Georges Benesco, si son ennemi parvient au grenier. Mais à peine l'homme a-t-il franchi cinq degrés, qu'un craquement sinistre se fait entendre, l'escalier vermoulu s'écroule sous le poids. Alexandre et les planches tombent sur le sol et une grosse traverse de bois, en dégringolant, vient frapper l'Arménien à la tête et le blesse.

Naturellement, Alexandre reste un moment à jurer et à crier, tandis que les soldats grecs rient de sa mine penaude et de son air furieux.

« Tu vois bien, s'écrie le sergent grec, personne n'a pu se cacher là-haut. Comment y serait-on monté ?

— Hum! je n'en suis pas sûr, grommela Alexandre en se tâtant de dos et les côtes. Ces petites sont des démons ! Elles ont peut-être caché ce Bulgare qui leur

tient au cœur dans ce grenier et machiné l'escalier pour me faire tuer !

— Bah ! Tais-toi donc ! Il n'y a pas plus de Bulgare que sur ma main ! Comment veux-tu qu'il se loge dans ce nid à rats ! Allons-nous-en chercher ailleurs. Nous perdons notre temps ».

Alexandre jette encore un regard défiant et perçant vers le plafond comme s'il voulait en sonder l'obscurité. Mais rien, il ne voit rien. Alors, serrant les poings, il murmure quelques paroles menaçantes.

« Passe devant! » lui ordonne le sergent grec. Ils descendent l'escalier, les voilà encore dans la salle du rez-de-chaussée.

Par acquit de conscience, le Grec jette encore quelques regards de droite et de gauche, éclairé par Medgé.

Soudain, Alexandre pousse un cri rauque, un cri de forcené.

« Du sang ! je savais bien ! »

Les femmes ont tressailli. Hélène et Medgé, face aux hommes, sont appuyées contre une table.

Et Alexandre en ricanant désigne la manche blanche d'Hélène et le haut de son tablier où s'étale une large tache de sang.

C'est tout à l'heure, quand elle a soutenu Georges blessé, que le sang a coulé sur elle. Hélène ne l'avait pas encore remarqué.

Epouvantée, appuyée à la table, elle ne sait que dire.

Mais déjà Medgé de ses mains lestes a cherché sur la table, elle a trouvé un couteau et le passe vivement vers Hélène. Celle-ci comprend, il faut sauver Georges, il faut croire que c'est elle qui s'est blessée. Alors, vivement, sans sourciller elle se fait une large entaille sur le dos de la main, puis elle repousse le couteau vers Medgé qui le dissimule vite sous une étoffe.

Alors Hélène regarde d'un air calme le sang de sa manche et de son tablier et dit :

« Du sang ? Ce n'est pas étonnant, je m'étais coupé la main. Regardez. » Et elle tend et montre sa main au sergent. Le sang coule, et la main et le bras sont déjà tout rouges.

La petite ajoute en riant :

« Oh! il y a plus de peur que de mal, c'est le couteau qui a glissé. Bah! Fatima me guérira, elle a un baume. »

Le sergent examine la blessure.

« L'entaille n'est pas profonde, heureusement !

*LE CHAR, SUR LEQUEL AVAIENT PRIS PLACE Mme KALLISTIDES ET SA FILLE
SE DIRIGEA VERS LA CAMPAGNE*

— Non, te dis-je, ce n'est rien, mais cela saigne beaucoup.

— Alors, bonne nuit, ma sœur, et Dieu vous garde !

— Dieu vous protège aussi, s'écria Mᵐᵉ Kallistidès qui commence à reprendre courage. Tu sais, sergent, moi aussi, j'ai deux fils qui sont à la guerre, je crois qu'ils auront gagné leurs galons comme toi.

— Que les apôtres les protègent, ma mère ! Je savais bien que vous ne pouviez pas cacher un Bulgare et que vous étiez de bonnes patriotes !

— Dieu te garde à la mère pour qu'elle puisse te bénir au retour du combat !

— Merci, bonne femme, je fais les mêmes vœux pour les fils. Allons, il faut partir. File, toi, va, devant, je ne sais ce qui me retient de te passer ma baïonnette au travers du corps, car tu m'a l'air d'un franc coquin. Sors ! »

Et tandis qu'Alexandre se confondait en récriminations, implorait les saints, invoquait sa bonne foi et son renom d'honnête homme, les soldats grecs le jetèrent dans la rue et le poursuivirent jusque chez lui en lui piquant les mollets avec leurs baïonnettes, et en le menaçant pour rire de l'embrocher. Alexandre se barricada chez lui, plus furieux que jamais contre Hélène et Medgé, qui, restées seules, avaient écouté fuir les soldats, puis étaient tombées en pleurant dans les bras l'une de l'autre.

CHAPITRE XIV

ALEXANDRE eut une colère terrible lorsqu'il fut certain de la disparition volontaire de son fils. Il ne pouvait accuser personne, mais cependant, pour assouvir sa rage, il se tourna vers ses ennemis habituels, les Kallistidès.

« J'aurai la maison, j'aurai les champs, j'aurai tout ! criait-il à qui voulait l'entendre. Je me vengerai de ces maudites femmes et de ce Bulgare, car ce sont eux, j'en suis sûr, qui m'ont fait perdre Dimitri, mon fils bien-aimé, l'espoir de ma vieillesse ! Je le dénoncerai, ce Bulgare enfermé dans Salonique, qui ne suit pas les siens et reste avec des femmes, cet espion qui ne sert pas même son pays. Je vengerai mon enfant, mon cher fils ! »

Et, de nouveau, la terreur régna dans la maison de Kallistidès. Il s'agissait à présent de faire sortir Benesco de la ville, et les pauvres femmes se demandaient ce qu'elles allaient faire.

Après bien des projets ébauchés, abandonnés, puis repris, on convint qu'elles s'en iraient à la petite cabane qui s'élevait dans un champ de vignes, assez loin de Salonique, car ce champ appartenait à Mᵐᵉ Kallistidès et ne tombait pas entre les mains du rapace Alexandre.

« C'est bien pour nous, dit Hélène, mais comment fera Georges pour sortir de la ville ?

— Allez-vous-en, répondit celui-ci, je voudrais vous savoir en sécurité ; moi, je m'en tirerai comme je pourrai.

— Il a raison, assura la pauvre Mᵐᵉ Kallistidès, qui avait hâte de partir ; un homme se tire toujours d'affaire !

— Tu crois ? Et mon père, s'est-il tiré d'affaire ? Et Georges même, qui est jeune et courageux, serait-il sorti de sa prison de l'impasse du Bœuf si je n'avais su qu'il y était et si nous n'avions pu l'aider ? Moi, je suis d'avis que les hommes ne se tirent jamais si bien d'affaire que lorsqu'ils ont les femmes avec eux, et je ne partirai pas sans lui ; il faut que nous l'aidions à sortir de Salonique.

— Comment, ma chère fille, veux-tu que deux pauvres femmes comme nous puissent faire sortir un homme de la ville?

— Je ne sais pas, répondit Hélène, mais il le faut ! »

Et Mme Kallistidès s'en fut commencer les préparatifs en maudissant l'obstination des filles de la nouvelle génération.

En hâte, on faisait des paquets, on apprêtait des coffres dans le couloir de la maison, car il fallait partir sans trop de bruit, au petit jour, avant le lever d'Alexandre.

Mme Kallistidès empilait des babouches dans une caisse lorsque Hélène, qui rangeait un petit réduit derrière la maison, accourut joyeuse en disant :

« J'ai trouvé le moyen de faire sortir Georges de Salonique !

— Je suis curieux de savoir comment, dit le jeune homme.

— Je sais ce qu'elle a trouvé, dit Mme Kallistidès ; il y a de vieux vêtements dans le petit réduit de la cour, et je suis sûre qu'elle veut vous habiller en femme. »

Les jeunes gens se mirent à rire.

« Ça ne serait pas bien commode, dit Hélène Mème en coupant sa moustache, ce qui serait dommage, Georges ne pourrait passer sans éveiller les soupçons. J'ai trouvé mieux : nous chargerons dans la voiture la grande amphore ; nous la prenons pour le moment de la récolte, comme nous prenons, du reste, tout ce que nous pouvons transporter. Georges se cachera dans l'amphore au moment de passer la porte de la ville ; nous mettrons beaucoup de choses dessus, et nous le délivrerons dès que le char sera dans la campagne.

— Mais ça ressemble à un conte des Mille et une Nuits ! s'exclama Benesco.

— À Salonique, cela n'a rien d'étonnant », répondit la jeune fille en riant, et l'on courut chercher l'amphore dans laquelle Georges consentit à se cacher pour faire une répétition de la sortie projetée.

Il enjamba le vase immense et ventru, s'y accroupit et déclara qu'il pourrait supporter l'épreuve à condition que les bœufs pressassent le pas et que le char ne perdît pas une roue aux portes de la ville. Mme Kallistidès regardait cette scène avec un véritable émerveillement. Tenir dans une amphore lui semblait un prodige, car depuis bien longtemps, elle avait atteint une corpulence qui lui interdisait un tel exercice.

L'Orient ne pâlissait pas encore et les étoiles brillaient lorsque la petite voiture s'arrêta devant la porte de Kallistidès. Les fugitifs attendaient, ils ne s'étaient pas couchés cette nuit-là, afin que tout fût prêt.

Autour de l'amphore, auprès de laquelle Georges avait pris place, l'on entassa offres, paniers, paquets, étoffes, coussins, une multitude de petites choses sans valeur qui devaient servir à reconstituer un foyer aux malheureuses dépouillées par la fatalité, et que Georges se jurait de sauver dès qu'il serait libéré.

Lentement, dans le petit matin, les bœufs se mirent en marche, et les pauvres femmes, frissonnantes du froid de l'aube, virent disparaître au tournant d'une rue la petite maison si joyeuse quelques mois auparavant.

À pas lents, le pauvre char déambulait par des ruelles étroites, et l'on mit longtemps à gagner la porte de la ville qui conduisait vers les champs de Kallistidès. Avant d'y arriver, Georges s'accroupit dans l'immense amphore sur laquelle on jeta des châles et quelques menus objets ; le char enfin s'arrêta, et l'on dut parlementer avec les soldats. On fit descendre les femmes et l'on examina les bagages, un soldat perfora d'un coup de sabre un paquet, ce qui arracha des larmes à la pauvre Mme Kallistidès et fit bien rire les assistants. Un des nombreux colis tomba contre l'amphore, et le bruit fit trembler Benesco, mais le soldat n'y prit point garde, il s'amusait surtout à contrarier les femmes en fouillant les hardes et les bibelots enfantins dont elles avaient chargé le char.

Enfin, l'on se remit en route, mais si lentement qu'il fallut attendre encore avant de délivrer Benesco.

Le soleil était haut déjà lorsqu'on arriva à la pauvre cabane qui devait servir d'abri aux deux femmes. On déchargea leur misérable butin, et Benesco paya le conducteur de la voiture en lui recommandant d'oublier qu'il était venu là, ce que le jeune garçon ne manqua pas de promettre, intimidé par la prestance de Benesco, dont l'uniforme était dissimulé sous un ample manteau et dont le chef s'ornait du bonnet de Kallistidès.

Grâce à l'activité de Georges et d'Hélène, les deux pièces qui composaient la petite maison furent vite pleines des objets apportés, rangés agréablement ; elles offrirent bientôt un aspect suffisamment hospitalier.

Mᵐᵉ Kallistidès, effondrée sur un paquet, à l'ombre d'un figuier, avait perdu tout courage hors celui de prier.

Benesco passa la journée avec les deux femmes, puis, la nuit venue, il se disposa à prendre congé d'elles, car il devait rejoindre les troupes bulgares.

« Pourquoi ne demeures-tu pas, disait Hélène, puisque tu es plus Grec que Bulgare !

— C'est vrai, répondait le jeune homme, mais l'heure de faire mon choix n'est pas venue ; nos armées fléchissent et nos alliés se tournent contre nous, je ne peux déserter, mais la guerre terminée, je reviendrai près de toi.

— **Dieu t'exauce !** » dit Hélène.

Le jeune homme prit congé de Mme Kallistidès qui versa d'abondantes larmes et ne put cacher la terreur qu'elle avait de rester seule avec sa fille, au milieu de ces champs, loin de la ville et des autres petites cabanes construites dans les vignes.

Benesco, lui aussi, redoutait cette solitude pour Hélène et pour sa mère, et les lamentations de la pauvre femme ébranlèrent un instant ses résolutions guerrières, mais Hélène, qui aurait été si heureuse de le garder près d'elle, se souvint qu'elle était grecque.

« Pars, dit-elle, il faut faire ton devoir, nous serons courageuses en attendant ton retour. »

Et, dans la nuit qui tombait, le jeune homme s'en alla après avoir embrassé sa fiancée.

Bientôt, son ombre s'effaça et l'on cessa d'entendre le bruit de ses pas sur le sentier.

Alors, Mme Kallistidès, en proie à toute les terreurs, rentra dans la cabane et s laissa tomber sur un tas de coussins, ju rant que, pour rien au monde, elle n sortirait avant que le jour ne fût re venu.

Hélène, longtemps encore, demeura de vant la porte. Il faisait une nuit superbe devant elle, au loin, elle apercevait le lumières de la ville ; le bruit incessant c confus du camp arrivait, troublant l silence des champs au milieu desquel avait disparu Benesco.

Mme Kallistidès eut un cauchemar ; el rêva qu'Alexandre la mettait dans un grande amphore pour l'emporter à Salonique, et qu'arrivée à la ville, elle n pouvait plus sortir du vase dans lequel se membres étaient engourdis.

CHAPITRE XV

Fatima et Medgé avaient résolu, elles aussi, de quitter Salonique après le départ de leurs voisines, car Alexandre les guettait ; elles étaient à sa merci et préféraient fuir devant ses menaces.

Il avait été convenu qu'elles suivraient de près leurs amies qui avaient emporté leurs plus gros colis, et qu'elles iraient les rejoindre dans leur petite maison des vignes, où Mme Kallistidès leur donnerait une pièce.

Elles quittèrent la ville le lendemain, chargeant tout ce qu'elles pouvaient sur leur petit âne, et prirent la route des champs. Medgé était si heureuse de retrouver son amie qu'elle chantait le long du chemin, tandis que Fatima maugréait, se plaignait de la fatigue, de la chaleur et de son embonpoint qui l'empêchait de marcher assez vite. Il fallait sans cesse arrêter le petit âne qui s'en allait heureux et pressé, espérant sans doute que le repos et la liberté étaient au bout de sa route.

On installa les deux nouvelles venues. Mme Kallistidès fut un peu rassurée en voyant arriver du renfort ; elle aurait hospitalisé un détachement de l'armée grecque tant elle avait peur. Les petites reprirent leurs broderies, leurs coussins, leurs causeries habituelles et, parfois même, leurs chansons, car l'espoir fleuris sait à côté de leurs peines.

Les jours auraient coulé tranquilles l'on n'avait toujours eu, dans la peti maison, la préoccupation de tous l absents.

Un soir, au coucher du soleil, Hélèr et Medgé suivaient un chemin assez larg poussant devant elles le petit âne charg d'un fagot de bois, afin de regagner l logis, lorsque leur attention fut attiré par des gémissements venus d'un cham tout proche. Courageusement, elles déc dèrent d'y aller et arrêtèrent Ali qui n trouvait point déplaisant de faire une sta tion, mais qui n'aurait pas demandé mieu que de déposer son fagot de bois.

Guidées par les plaintes, elles aper curent bientôt un homme couché l'ombre d'un petit arbuste et qui sembla souffrir beaucoup. Elles s'approchèrent e le malheureux demanda :

« A boire !

— Mon pauvre homme, nous n'avon rien avec nous.

— A boire ! criait le malheureux, ou j vais mourir.

— Cours jusqu'à la maison, dit Hélène Medgé, rapporte de l'eau, j'attendrai ici.

La petite s'en fut de toute la vitesse d ses jambes et revint bientôt en rapportan un vase plein d'eau et quelques morceaux de vieux linge, car elle avait remarqué que le blessé portait une plaie profonde à la tête.

Adroitement, après l'avoir fait boire, les petites le pansèrent et le moribond sembla éprouver un peu de soulagement.

« Est-ce que ce sont les soldats qui t'ont frappé ? demanda Hélène.

— Non, c'est un ennemi pire que les Grecs et les Bulgares, c'est Angiopoulo. »

Au nom bien connu du bandit, les petites frémirent, et l'aspect du misérable qu'elles soignaient leur fit présager qu'il en était un aussi.

« Pourquoi t'a-t-il frappé ?

— Parce que je lui demandais ce qu'il m'avait promis pour l'avoir aidé dernièrement dans une affaire.

— C'était sans doute quelque chose de mal ? dit Medgé.

— Oh ! ce n'était pas une œuvre prescrite par Allah, répondit l'autre, essayant un sourire qui fut une atroce grimace. Et puisque Angiopoulo n'a pas tenu ses promesses je vais vous dire ce que c'était : je l'ai aidé...

— A quoi ?

— A faire prisonnier un homme...

— Qui ?

— Un homme de... de... Salonique !

— Comment s'appelait cet homme ?

— A boire ! répondit le misérable, à boire ! »

Medgé lui fit boire un peu d'eau, mais il sembla s'engourdir et ne plus pouvoir parler.

Hélène, le soulevant, lui demanda de nouveau :

« Comment s'appelait cet homme de Salonique ? »

L'autre la regarda sans comprendre. Elle renouvela la question, mais le malheureux se mit à parler d'autre chose, de la guerre, des récoltes, du sultan, sans qu'on pût rien démêler de ce qu'il disait.

Elles attendaient, anxieuses, craintives, car le soir commençait de tomber. Tout à coup, l'homme sembla s'éveiller et demanda de nouveau à boire, puis, lorsqu'il eut pris un peu d'eau, sa raison sembla revenir :

« Je suis bien mal, » dit-il.

Mais, préoccupées surtout de ce qu'elles voulaient savoir, les fillettes renouvelèrent leur question :

« Comment s'appelait l'homme de Salonique ? »

Le misérable fit un effort comme pour se souvenir, puis, haletant, il dit enfin :

« Il s'appelait... Hadji.

— Lequel ? insista Medgé, prise d'un espoir soudain.

— Celui.. celui... Ah ! je ne sais plus, dit l'homme.

— Je vous en prie, suppliait la petite, souvenez-vous, cherchez... Où demeurait-il ?

— Près... près... du bazar.

— Mon père ! C'est mon père ! Où peut-on le retrouver ?

— Allez, dit l'homme, chez Naroun.

— Mais le prisonnier ? insista Medgé.

— Il est... les brigands... il est... »

Et l'homme ne put en dire davantage, il ouvrit démesurément les yeux, regarda le ciel magnifique que dorait le couchant et rendit le dernier soupir.

Les jeunes filles jetèrent sur le corps du malheureux son manteau posé à côté de lui, puis elles abandonnèrent dans les champs déserts, que commençait à couvrir l'ombre du soir, cet inconnu qui emportait le secret de la retraite dans laquelle on retenait Hadji prisonnier. Effrayées, elles s'en allèrent par le chemin qui, à travers les vignes, conduisait à leur nouvelle demeure, laissant Ali les suivre, étonné de ne point sentir harceler sa paresse.

« Il ne faut rien dire de cela à maman ni à Mme Kallistidès, dit Medgé ; nous agirons seules ; demain, nous trouverons un prétexte pour sortir et nous irons chercher cette Naroun qui pourra nous aider à délivrer mon pauvre père et, qui sait ? peut-être le tien. »

Elles annoncèrent en rentrant que l'homme était mort sur le bord de la route, ce qui laissa Fatima très froide, mais impressionna fort Mme Kallistidès. Les petites s'endormirent le soir en faisant des projets pour pénétrer dans le monde inconnu effrayant et merveilleux des brigands sur lesquels on leur avait raconté tant d'histoires terrifiantes.

Le lendemain, d'un commun accord, elles annoncèrent qu'elles allaient à la ville pour deux jours, aider Constantine à la confection de ses confitures de roses ; elles lui devaient bien ça, elle était si gentille !

On leur fit maintes recommandations et elles s'en furent fières comme deux petits soldats qui auraient élaboré un plan propre à délivrer leur patrie.

L'homme, en mourant, leur avait recommandé d'aller chez Naroun. Or, les petites savaient que cette femme tenait, dans la montagne, un café où les brigands se donnaient rendez-vous afin de se tenir au courant des choses de la ville. C'est là qu'on pouvait les voir ; on pouvait y voir aussi Alexandre qui venait souvent y compléter ses mauvais coups et apporter aux brigands l'argent mal acquis qu'il partageait avec eux, car il les employait à ses tristes besognes. Mais il ne fallait pas se laisser reconnaître par lui. Or, comment se présenter chez cette Naroun ?

« Si nous allions nous offrir comme servantes ? proposa Medgé. C'est le temps du Ramadan, l'ouvrage ne doit pas manquer.

— C'est une bonne idée, dit Hélène, mais si elle n'a pas besoin de servantes ?

— Nous nous proposerons comme danseuses et chanteuses. Moi, je sais les danses turques et arméniennes, toi tu chanteras. Veux-tu ?

— Oui, mais cela ne nous fera pas retrouver ton père.

— Attends un peu ; si les brigands se donnent rendez-vous chez Naroun, nous finirons bien par savoir où ils cachent leurs prisonniers. Ils en parleront, c'est certain ; quand nous le saurons, nous irons le délivrer.

— Si nous pouvons !

— Nous pourrons, déclara Medgé, les yeux brillants d'enthousiasme.

— Dieu t'entende !

— Allah nous aidera.

— Allons donc tout de suite chez cette Naroun.

— Pas encore.

— Pourquoi tarder ?

— Il faut passer à Salonique.

— Mais pourquoi ? C'est du temps perdu.

— Non, crois-moi, il nous faut nous déguiser afin que personne ne puisse nous reconnaître.

— C'est vrai, tu penses à tout !

— Songe... Chez Naroun, qui sait ce que nous allons rencontrer ? Des gens qui, sûrement, n'ont pas intérêt à se faire reconnaître par les gens de la ville.

— Tu as raison.

— Et puis, écoute encore : Si Alexandre vient chez Naroun pour parler avec les brigands, que ferait-il s'il nous reconnaissait, s'il nous voyait là ?

— Oh ! Medgé, il nous tuerait !

— C'est bien ce que j'ai pensé ! murmura Medgé, tout en pressant le pas. Il ne faut donc pas qu'Alexandre puisse deviner qui nous sommes ; il faut qu'il ne se méfie pas de nous et qu'il parle de ses affaires aux brigands.

— Oui, nous écouterons ce qu'il dira tout en lui servant à boire.

— Et nous saurons enfin où et pourquoi on retient mon père prisonnier à présent qu'il n'a plus rien et que nous avons tout donné pour sa rançon.

— Oui, c'est encore Alexandre qui a machiné quelque fourberie.

— Oui, sûrement.

— Mais comment allons-nous nous déguiser ? Nous n'avons rien.

— Ne t'inquiète pas, fit Medgé. Je connais près du bazar une vieille femme à laquelle j'ai porté souvent des sucreries et qui m'est toute dévouée. C'est elle qui va nous déguiser. »

A ce moment, les petites arrivaient à la ville. Les soldats grecs les laissèrent entrer ; elles portaient chacun un panier d'aubergines, et ils les prirent pour des marchandes.

« Maintenant, hâtons-nous, dit Medgé, pour trouver Laliouba chez elle et qu'elle ait le temps de nous métamorphoser. Passe d'un côté de la rue et moi de l'autre, cela vaudra mieux. »

Par des ruelles tortueuses, elles arrivèrent à une maison d'aspect pauvre dans un quartier désert : personne aux fenêtres, pas un enfant dans les rues.

« Entrons vite ! »

Elles s'engouffrèrent en courant dans la maison, montèrent l'escalier sordide et se trouvèrent devant une porte basse. Medgé s'arrêta un moment, puis elle entra sans frapper.

« C'est moi, Laliouba ! Allah te tienne en joie !

— Comment ! C'est toi, ma rose des montagnes ! Comme il y a longtemps que je ne t'ai vue !

— Oui, j'étais aux vignes ces temps derniers, j'avais quitté la ville.

— Ah ! c'est donc ça !

— Dis-moi, ma bonne mère, il faut maintenant que tu nous déguises toutes les deux. C'est pour une mission grave, il y va de la vie ou de la mort d'un homme. Comprends-tu ?

— Oui, mais je ne veux rien savoir, ma petite. Seulement, je lis dans ta pensée que c'est grave et que tu réussiras.

— Allah t'entende, ô mère !

— Maintenant, comment veux-tu que je change vos visages ? dit la vieille qui semblait experte, et qui avait dû jouer plus d'un mauvais tour à son prochain.

— Voilà, bonne mère, conseille-nous ! Il faut que nous allions ce soir chez Naroun. »

La vieille tressaillit, ses yeux clignotèrent. Elle dit en baissant la voix et avec effroi :

« Chez Naroun, la cabaretière ?

— Mais oui.

— Mais tu n'y penses pas, ma pauvre fleur ! C'est dangereux ! Bien des gens y sont allés et n'en sont jamais revenus pour dire ce qu'ils avaient vu !

— Allah nous protégera, car nous allons justement pour délivrer un de ceux qui sont là-bas et qui n'en revient plus, et ce malheureux, c'est mon pauvre père, Hadji. Comprends-tu, maintenant?

— Las ! que me dis-tu, petit rayon de soleil ? Sauver ton père ? Que lui est-il donc arrivé ?

— Il est prisonnier des brigands.

— Prisonnier, lui ! mais de quels brigands ?

— Sans doute d'Angiopoulo.

— Mais pourquoi Angiopoulo aurait-il capturé ton père ? Il n'est pas très riche et ne lui a fait aucun mal.

— Assurément, mais peut-être y a-t-il été poussé par un autre.

— Je vois que tu as une idée. Parle sans crainte. Si je peux te conseiller, je le ferai.

— Mon père avait un ennemi.

— Qui ?

— Alexandre.

— L'usurier ? Hélas ! Malheur sur vous ! C'est un fourbe, un avare, un méchant. J'ai entendu souvent prononcer son nom par des gens qui revenaient de la montagne où s'abritent les brigands. Que la justice du Ciel veille sur lui et vous garde !

— Mère, conseille-moi. Crois-tu qu'en allant chez Naroun, nous trouverons les traces de mon malheureux père ?

— Je t'ai dit que c'était dangereux si l'on te reconnaît.

— Mais on ne me reconnaîtra pas, grâce à toi.

La vieille resta un moment pensive, on n'aurait su dire si elle ruminait un projet ou bien si elle priait. Les deux fillettes attendaient, assises sur les coussins crasseux, étourdies un peu par le parfum de jasmin et de myrthe qui traînait dans la pièce.

La vieille releva enfin la tête :

« J'ai trouvé », dit-elle.

Lentement, elle se souleva, car elle était fort grosse et indolente et, secouant ses voiles fripés, elle se dirigea vers une petite armoire, y prit un sac de papier rempli d'une poudre brune qu'elle délaya dans un liquide incolore, puis, trempant un tampon de chiffon dans la pâte, elle dit :

« Approche-toi, Medgé. »

Docilement, la petite s'approcha de la vieille qui lui barbouilla le visage de cet enduit, puis ce fut le tour des mains, de la poitrine, du cou et des bras.

« Laisse bien sécher. A ton tour, petite », dit la vieille à Hélène, qui se laissa brunir comme son amie.

L'opération terminée, les petites se regardèrent et éclatèrent de rire. Elles étaient méconnaissables, couleur de cuivre foncé, comme certaines femmes qu'elles avaient vues souvent et qui venaient on ne sait d'où.

« Attendez, dit Laliouba, ce n'est pas fini, il y a encore les cheveux. »

Medgé vint la première. La vieille tressa ses cheveux, en fit trois torsades et ordonna une coiffure compliquée qu'elle consolida avec des épingles en émail bleu.

« Tes cheveux ne sont pas assez bruns », dit-elle.

Elle trempa un nouveau tampon de chiffon dans un liquide noir et épais et en enduisit la coiffure de l'enfant.

« Cela suffira. Va, ce ne sera pas long à sécher. Ne bouge pas. »

Laliouba prit alors un pinceau fin comme une aiguille, le trempa dans un liquide bleu, puis dans un rouge, et se mit à dessiner une étoile sur le front brun de Medgé. Elle peignit ensuite quelques signes sur les joues et sur la narine droite. Elle teinta les paupières de la fillette avec du kohl, puis, la contemplant en artiste :

« C'est fini. Assieds-toi et attends, je t'habillerai tout à l'heure. A toi, petite », dit-elle à Hélène.

La jeune fille obéit docilement et se laissa peindre et coiffer comme Medgé. La vieille leur donna ensuite des tuniques pourpres dans lesquelles elles se drapèrent au moyen de ceintures multicolores, puis elle enveloppa chacune d'un grand manteau et d'un voile noir.

« Maintenant, vous voilà des danseuses d'Arabie. Qu'Allah vous garde ! »

Les jeunes filles se regardèrent dans un miroir et convinrent qu'elles étaient méconnaissables.

« Merci, bonne Laliouba, s'écria Medgé. Comment te payer jamais ce service qui rendra peut-être la liberté à mon père ! »

En disant ces mots, elle glissa dans la main de la vieille une petite pièce d'argent.

« Attendez. Maintenant, mes colombes, il faut que je vous donne un guide sûr pour vous mener chez Naroun où l'on dira que vous êtes deux danseuses d'Arabie arrivées par le bateau d'hiver.

La vieille, s'approchant alors de la fenêtre, frappa trois fois dans ses mains.

« Que veux-tu, ô mère ? cria une voix d'enfant au dehors.

— Cours, petit, va me chercher Antonin, l'ânier ! qu'il vienne tout de suite, je l'attends. »

On entendit la course de l'enfant sur le pavé de la rue, puis tout retomba dans le silence. Au bout d'un moment, un sifflement léger résonna dans la rue. Laliouba se pencha à la fenêtre et cria :

« Monte, Antonin ! »

Un jeune homme parut sur le seuil. Il avait bel air sous ses vêtements en lambeaux. Des cheveux bouclés sortaient de son fez passé ; ses jambes étaient nues ; un collier de bois de santal pendait sur sa poitrine.

« Qu'Allah te garde en joie et te donne santé et longévité !

— Merci, Antonin, répondit Laliouba. Tu pars pour la montagne ?

— Oui, bonne mère, je vais conduire mes ânes chargés de provisions chez Naroun et dans les autres villages.

— Ah ! tu vas chez Naroun ? dit-elle d'un ton indifférent.

— Aujourd'hui même.

— Eh bien ! emmène donc avec toi ces deux petites perles d'Asie, présente-les à Naroun de ma part. Dis-lui que ce sont deux petites danseuses qui amuseront sa clientèle ; elles arrivent de Smyrne. Tu as compris ?

— Oui, mère.

HÉLÈNE ÉCOUTAIT LA CONVERSATION ENTRE ALEXANDRE ET ANGIOPOULO

— Alors, je te les confie. Veille sur elles. Il ne faut pas qu'un malheur leur arrive ou, sans cela, tu paierais pour elles. As-tu entendu, Antonin ?

— Oui mère », dit l'ânier tremblant, tandis que Laliouba fixait ses yeux ardents sur lui et le fascinait.

Le pouvoir de cette vieille femme était étrange sur cet homme qui semblait fort comme un hercule et qui tremblait devant ses menaces.

Ne l'appelait-on pas « la sorcière de Salonique » ? N'avait-elle pas tous les pouvoirs ? Ne pouvait-elle pas, si on lui désobéissait, attacher à votre poursuite nuit et jour, tous les démons de l'enfer, tous les génies de l'air, attirer sur vous toutes les calamités et vous faire mourir à petit feu ? Cette réputation, qui terrorisait tant et tant de Turcs, était une assurance de sécurité pour les deux petites amies pour lesquelles Antonin aurait risqué sa vie afin de ne pas s'attirer la colère de Laliouba.

La vieille femme bénit les deux petites qui, une fois encore, quittèrent leur ville et gagnèrent à dos d'âne la montagne et la maison mystérieuse de Naroun.

CHAPITRE XVI

Tandis que l'on gravissait la pente escarpée des montagnes et que les ânes avançaient de leur pas tranquille et sûr, Medgé observait avec attention le chemin.

En somme, on ne s'éloignait guère de Salonique dont on apercevait les murs rouges sous le soleil ardent.

Mais bientôt, le silence monotone de la route commença à peser à Medgé, elle adressa donc la parole à Antonin.

« Frère, dis-moi, sommes-nous bien loin de chez Naroun ? »

L'ânier répondit d'une voix tremblante, sans oser lever les yeux :

« Encore quelques instants et nous y serons.

— Crois-tu qu'elle nous accueillera ?

— Sans doute ! Comment oserait-elle enfreindre l'ordre de Laliouba ? Vous pourrez là gagner certainement votre vie.

— Qui vient chez cette Naroun ?

— Oh ! des gens de toutes sortes !

— Mais encore ?

— Il vient les chefs des caravanes, des âniers qui font le colportage, comme moi, et puis, il y a aussi d'autres hommes.

— Quels hommes ? » insista Medgé curieuse.

Antonin jeta un regard effrayé autour de lui et, s'approchant de Medgé, dit à voix basse :

« Les brigands !

— Ah ! ah ! c'est comme en Asie, alors ?

— Oui.

— Que viennent faire ces brigands chez Naroun ?

— Oh ! ils viennent apprendre les nouvelles de la ville, savoir s'ils pourraient apeurer quelqu'un et demander une rançon pour lui, ou bien, tout simplement, ils viennent acheter du tabac, du sucre, des boissons. »

On aperçut dans un repli de terrain une maison à toit plat, peinte en ocre, entourée d'oliviers.

Antonin montra la maison du bout de son bâton.

« C'est là ! fit-il.

— Comment ? Si près de la ville !

— Mais oui, pourquoi pas ? »

Hélène, cependant, n'avait rien dit, elle craignait qu'on reconnût par trop son accent grec. Elle se contentait d'observer et de supputer les chances de succès ; jusqu'à présent, tout allait bien.

On arrivait à la cabane de Naroun. Aussitôt, Antonin frappa trois fois dans ses mains. Sur le seuil de la maison apparut une vieille femme grande et maigre, efflanquée même, au nez crochu et aux yeux perçants d'oiseau de proie. Ses bras brunis étaient alourdis d'anneaux et de bracelets d'argent qui cliquetaient au moindre geste.

Antonin salua l'hôtesse et, présentant les deux jeunes filles descendues vivement de leurs ânes, il s'écria :

« Naroun, voici deux jeunes perles noires, deux colombes brunes d'Asie que Laliouba t'envoie pour le Ramadan. L'une sait tous les secrets de la danse et l'autre connaît les chants les plus merveilleux. La danseuse sait aussi les contes les plus jolis de l'Asie.

— Qu'elles soient donc les bienvenues, ces colombes ! répliqua Naroun avec un accent nasillard. Entrez ! Et toi, Antonin, viens te rafraîchir. Retournes-tu à la ville ?

— Non, pas encore. Je t'apporte du sucre. Et puis de l'anisette de Salonique.

— Bien ! Quand tu iras à la ville, va trouver Laliouba et remercie-la de m'avoir envoyé ces jeunes filles. Elles m'aideront à servir, car je me fais vieille, et puis elles danseront. »

Comme il faisait chaud, on entra dans la maison. C'était d'abord une grande salle ombreuse, entourée de divans avec des tables basses. Au milieu de la pièce, il y avait également des tables comme dans les cafés des la ville. Quelques hommes y buvaient de la bière. Sur le divan, dans un coin, deux Turcs, vieux et paisibles, prenaient du café et causaient tranquillement en tournant entre leurs doigts leur chapelet d'ambre.

Les petites virent qu'il n'y avait là personne de connaissance.

Naroun les fit asseoir sur le divan, dans l'angle le plus frais, leur donna des confitures et du café, puis elle se mit à les interroger. Hélène ne répondait que par monosyllabes ou hochait la tête avec approbation.

Quant à Medgé, elle ne perdit rien de son entrain ni de son assurance. Aux interrogatoires de la vieille, elle inventa, en un moment, tout un roman : elle prétendit qu'elles étaient sœurs, et que toutes deux étaient nées dans les lointains pays de l'Arabie. Elles étaient parties de là avec leur mère, pour retrouver un oncle fort riche qui habitait Smyrne, mais, arrivées à Smyrne, l'oncle était mort. Aussi, les deux enfants avaient-elles travaillé là quelque temps (Medgé n'insista pas, d'ailleurs), puis leur mère était morte, — et Medgé trouva moyen de verser de vraies larmes. Sur ce, on leur avait conseillé de partir comme danseuses pour Salonique où elles devaient vivre ; et là, la bonne Laliouba les avait adressées à la vénérable Naroun, vraie dispensatrice des bienfaits !

Medgé se tira à merveille de son récit et eut un accent si sincère que la vieille coquine de Naroun la crut sur parole et même la jugea fort maligne et débrouillarde. Elle la prit en affection. Elle l'emmena donc à l'autre bout de la salle, sous prétexte de lui montrer où l'on plaçait les tasses de café, mais, arrivée là, elle lui demanda :

« Est-ce que ta sœur est muette ?

— Non, mais elle est triste d'avoir perdu notre foyer !

— Haï ! mais la pauvre, elle se consolera vite. Ici, tout le monde a le visage gai, tu verras !

— Tant mieux !

— Tiens, voilà Philippos et quelques-uns de ses hommes. Il faudra danser pour eux tout à l'heure, si tu n'es pas lasse.

— Non, bonne mère. Mais quel est ce Philippos ?

— Un homme qui vit dans la montagne avec d'autres comme lui.

— Serait-ce un brigand, bonne mère ? En avez-vous aussi en Europe ?

— Si nous en avons ! Mais ce sont de braves gens. Tu en verras ici, je puis le dire. Et c'est mon orgueil, ils viennent tous ici.

— Ils ne font pas de mal, alors ?

— Mais non, ce sont des gens qui rançonnent les voyageurs, mais qui ne leur font pas mal. Ils ont leur honnêteté à eux.

— Est-ce qu'ils gardent des gens prisonniers ? demanda encore Medgé.

— Quelquefois.

— Ah ! Et ce Philippos a-t-il quelqu'un de prisonnier en ce moment.

— Philippos ? Attends ! Je ne crois pas.

— J'ai ouï dire à Laliouba que certain Turc de la ville, un nommé Hadji, je crois, qui était marchand de grains ou joaillier, je ne sais plus, était gardé prisonnier par un brigand. Connais-tu cette histoire ?

— Moi ? peut-être ! J'en ai tant entendu ! Mais est-ce Philippos qui le garde, ce Turc ? Je vais le lui demander.

— Oh ! peu importe ! »

Et Medgé, jouant l'indifférence, vint rejoindre Hélène qui était restée immobile dans son coin.

Medgé murmura :

« Tout va bien ! »

Elle remarqua que Naroun s'était approchée de Philippos et lui parlait tout bas. L'homme hochait la tête et semblait nier.

Cependant, l'ânier, qui paraissait avoir hâte de quitter ces lieux, avait vite déchargé l'anisette et le sucre et, après un « adieu » sonore, s'éloigna au plus vite.

A ce moment, Naroun s'approcha de Medgé et lui dit :

« Maintenant, il faut danser :

— Bien, ô dispensatrice de bienfaits » !

Décidément, cette appellation poétique et maligne à la fois enchantait la vieille

Naroun, car elle humait l'air avec délice et battait des paupières avec orgueil.

« Commençons, fit Medgé. Hélène, joue du tambourin. »

Medgé s'enveloppa alors d'un long voile blanc, étendit un tapis sur le sol, et Hélène frappa quelques coups sur le tambourin, puis, saisissant une guitare à long manche, elle en joua en chantant sur un ton nasillard, avec de larges phrases traînantes. Elles dansaient et chantaient depuis un instant quand une ombre parut au seuil, s'avança dans la salle, s'assit sur un divan.

Medgé crut que ses jambes allaient se briser sous elle, et Hélène pensa que sa voix allait mourir sur ses lèvres, car elles avaient reconnu Alexandre. Qu'est-ce que l'Arménien venait faire ici ? Ce fut la première question qu'elles se posèrent. Et puis sans doute, Medgé fut satisfaite de la réponse qu'elle se fit, car elle reprit sa danse avec une nouvelle ardeur et entraîna même Hélène qui, oubliant sa peur, gazouilla comme un oiseau.

La danse finie Medgé se mit à faire la quête en présentant son tambourin. Elle arriva ainsi jusqu'à Alexandre et sur un ton pleurard :

« O protecteur des pauvres ! Grand et généreux, donne-moi une piécette d'argent ! »

Alexandre la regarda à peine et lui jeta une petite pièce d'argent. Comme elle ne bougeait toujours pas, il la regarda. Elle soutint sans sourciller son méchant regard et demanda :

« Veux-tu que je danse encore ? »

Il fit un geste indifférent. Medgé s'éloigna rassurée : il ne l'avait pas reconnue.

« Que vient-il faire ici ? demanda Hélène.

— Nous allons le savoir, attends. »

Elles s'assirent et continuèrent à manger des confitures.

Des hommes entrèrent. L'un se dirigea vers Alexandre. Ils se mirent aussitôt à discuter. L'homme était un Grec en costume de paysan à jupe plissée. Que pouvaient-ils se dire ?

Medgé s'approcha de Naroun :

« Faut-il danser ?

— Non, c'est inutile.

— Quel est l'homme qui parle avec Alexandre ?

— C'est Angiopoulo !

— Le brigand ?

— Et Alexandre, qu'est-il donc ?

— Oh ! celui-là, qu'Allah l'étouffe, il fait du mal à tous ! Que fait-il avec Angiopoulo, je voudrais bien le savoir ».

Décidément, Naroun n'en savait pas plus long qu'elle, et Medgé vit qu'il fallait agir.

« Approche-toi d'eux, dit Hélène, et chantonne tout bas. »

Hélène disposa son tapis tout près de la table d'Alexandre et d'Angiopoulo, et tout en chantonnant se mit à écouter.

Quant à Medgé, elle s'approcha des hommes qui accompagnaient Angiopoulo, et leur dit en riant :

« Voulez-vous que je vous conte une histoire ? »

Friands de récits, les hommes répondirent oui avec ensemble.

Medgé commença l'histoire de la sultane Adilé qui n'avait point de fils. Un des hommes l'interrompit :

« Oh ! je la connais ton histoire. »

Medgé tressaillit, car Hadji seul la connaissait et la lui avait dite un soir avant sa disparition. Mais elle se remit vite et demanda :

« Tu la connais ? Qui te l'a racontée ?

— Un homme qui vit parmi nous.

— Quel est cet homme ?

— Un prisonnier ! Hadji, le marchand de Salonique.

— Ah ! Ah ! Un marchand prisonnier, je voudrais bien le voir.

— Eh bien, viens donc ce soir danser avec ta compagne à notre campement, à cinq cents mètres d'ici, tu le verras.

— C'est fête chez vous, ce soir ?

— Mais oui !

— Alors nous viendrons. »

Et Medgé s'éloigna vers Hélène qui lui fit signe qu'elle savait quelque chose.

Medgé se mit alors à danser, pour ne pas éveiller les soupçons, puis elle se retira dans un coin avec Hélène. Là elle demanda :

« Que sais-tu ?

— Je sais que cet homme garde Hadji prisonnier.

— Bon, je le sais aussi.

— L'homme voudrait le renvoyer puisqu'il n'a plus d'argent et qu'il est inoffensif.

— Ah !

— Mais Alexandre ne veut pas et dit que ton père a le secret d'un trésor et qu'il faut le faire avouer. Il va aller au camp du brigand.

— Ah! nous aussi.

— Comment ?

— Tu vas voir. »

En effet, les hommes d'Angiopoulo s'étaient levés et avaient parlé à leur chef en leur désignant les deux fillettes. Celui-ci fit un geste, Medgé accourut.

Angiopoulo déclara :

« Tu vas venir avec nous pour danser, on te donnera une piastre.

— Bien, je vais prévenir ma compagne. »

Et Medgé alla vers Hélène en murmurant :

« Tout va bien, nous allons chez les brigands ; là, nous verrons mon père. »

Et elle s'approcha de Naroun, lui déclara qu'elle reviendrait le lendemain. La femme ne fit aucune difficulté et les laissa partir.

Et c'est ainsi qu'Hélène et Medgé suivirent dans le sentier de la montagne le brigand Angiopoulo, ses hommes et Alexandre.

CHAPITRE XVII

Au milieu du bruit qui les étourdissait, tremblantes de crainte, les deux vaillantes filles cherchaient le prisonnier qu'elles supposaient enfermé en quelque effroyable caverne.

Des rires, venus d'un groupe, attirèrent leur attention. Curieusement elles s'avancèrent près des hommes qui riaient sinistrement.

« Chante encore ! » criaient-ils.

Elles virent alors un homme couvert de haillons qui chantait sous la menace d'un bâton et sa pauvre voix chevrotante leur fit mal.

L'homme leva la tête, et dans ce moment la petite Medgé reconnut le malheureux Hadji.

« Mon père ! Mon malheureux père ! murmurait-elle en serrant le bras d'Hélène.

— Ne te montre pas, lui recommanda prudemment Hélène, il ne faut pas qu'il se trahisse, ni qu'on nous soupçonne.

— Allons, le vieux, chante encore ! »

Et le malheureux se remit à chanter, car on le menaçait.

A ce moment on vit arriver un petit homme qui s'avançait en criant :

« Faites-moi place, je veux voir et entendre, c'est le plus beau divertissement de cette fête. »

Cet homme, c'était Alexandre qui vint prendre place au premier rang afin de mieux narguer le malheureux Hadji.

« Eh bien, disait-il, à sa victime, te voilà content, mon voisin, tu chantes, et tu chantes bien, mais j'ai l'oreille dure, chante plus fort ! »

Et le malheureux, toujours menacé, dut élever la voix, une pauvre voix qui semblait préluder à un sanglot.

« J'ai trop mal, dit Medgé, partons, cherchons du secours ; demandons aux soldats de nous aider à le délivrer, viens! »

A ce moment la voix perçante d'Alexandre se fit entendre dominant le tumulte de la fête :

« Vous entendez criait-il comme il chante bien, comme il a une jolie voix ; n'est-ce pas qu'il a une jolie voix ?

— Oui, oui, crièrent tous les autres en riant.

— Eh bien, mes amis, il a mieux que ça : il a un trésor !

— Oui, un trésor ! s'écria Angiopoulo en s'élançant dans le cercle resté vide autour du malheureux. Un trésor ! où est-il? Allons, réponds, où caches-tu ce trésor ?

— Mais, répondit Hadji, je suis un pauvre marchand de grains et je n'ai pas de trésor, je n'ai même pas d'argent. Cet homme ment, je suis si pauvre que je lui dois.

— Toi ! Mais, menteur, comment me devrais-tu de l'argent, reprit l'Arménien, à moi, si pauvre, si misérable. »

Tous se mirent à rire car s'ils profitaient des bons coups que leur indiquait Alexandre, ils savaient bien que cela lui rapportait et qu'il entassait l'argent dans sa petite maison de Salonique.

« Tu ne veux pas dire où tu caches ton trésor ? reprit Angiopoulo furieux.

— Mais je vous assure que je n'ai rien, que je suis pauvre. Si j'avais un trésor, je vous le donnerais pour que vous me rendiez la liberté d'aller voir ma femme et ma fille.

— Comment, il a une fille ? dit l'un des brigands.

— Oui, reprit Alexandre, une fille toute jeune, presque une enfant, méchante et rusée. Ah ! si on la tenait, elle dirait bien où ce vieux rat cache son trésor.

— Où est-elle ?

— A Salonique, dit Alexandre.

— On ira la chercher, il ne faut pas laisser cette fille seule à Salonique sans son père. »

Imprudemment, le malheureux prisonnier s'écria :

« Elle vous dirait bien, ma petite Medgé, que je suis un pauvre homme, que je n'ai pas de trésor.

— C'est-à-dire qu'elle nous dira où tu le caches ; sois tranquille, nous avons des moyens pour faire parler les gens.

— Oh ! ma pauvre colombe ! murmura le malheureux en pensant à sa fille.

— Il faut aller la chercher.

— Je vous en prie, implora le pauvre homme, laissez-la, c'est une enfant.

— Mais justement, dit Alexandre, les enfants passent pour moins menteurs que les hommes ; ta petite Medgé nous dira où tu caches ton or.

— Non, non, je vous en prie ! Je n'ai pas d'or.

— Eh bien ! dit brutalement Angiopoulo, nous allons le savoir tout de suite. Brûlez-lui les pieds, et je vous assure qu'il parlera bien sans qu'on aille chercher sa colombe à Salonique. »

Tout le monde approuva et, déjà pressés de torturer le malheureux, des hommes apportaient des fagots ; d'autres le maintenaient et s'amusaient de la pauvre figure désolée qu'il tournait vers eux et des regards de terreur qu'il jetait sur les préparatifs de son supplice.

Tremblante, Hélène, qui voyait tout, se tenait un peu à l'écart, elle se retourna pour entraîner la pauvre petite Medgé, mais elle ne la retrouva plus à son côté. Elle alla dans le petit bois d'oliviers, mais il n'y avait personne. Elle courut chez Naroun, le café était presque vide. Elle revint encore, anxieuse, mais ne trouva pas la pauvre petite et se demanda quelle détermination avait pu lui inspirer la souffrance de son père.

Hadji était toujours étroitement gardé à vue, mais son supplice semblait un peu différé. Un charmeur de serpents attirait l'attention de la foule et c'était à présent autour de lui qu'on faisait cercle.

« Mais, dit Alexandre à Angiopoulo tu oublies l'homme au trésor ?

— Ne crains rien, je vous donnerai le spectacle un peu plus tard ; il fait trop jour encore. Nous lui flamberons les pieds pour éclairer la fête. »

Et le bandit riait sinistrement, tandis que l'usurier se frottait les mains en coulant vers Hadji des regards haineux, mais déjà pleins de la satisfaction du triomphe.

Au charmeur de serpents, un conteur avait succédé qui, d'une belle voix, qu'il modulait à ravir, disait la splendeur des sultans, l'enchantement de jardins merveilleux et les supplices des pauvres kadines qui avaient eu le tort de déplaire à leur maître.

« Eh bien ! dit un des hommes, et la petite danseuse de Naroun, où donc est-elle partie ? »

Chacun la chercha des yeux, mais la petite danseuse avait disparu, la chanteuse seule restait.

« Où donc est ta compagne ? lui demanda-t-on.

— Je ne sais, répondit Hélène tremblante, elle était là tout à l'heure. Peut-être est-elle allée chez Naroun afin de se rafraîchir.

— Eh bien ! en attendant, chante-nous quelque chose. »

Chanter ! La pauvre enfant était sûre qu'elle ne pourrait pas chanter ; elle était trop inquiète, elle avait trop peur, elle sentait son cœur se gonfler de pitié à la vue d'Hadji effondré dans un coin, et qui priait en attendant l'heure de son supplice.

« Allons, chante ! N'es-tu pas ici pour nous amuser ? »

Quelques notes préludèrent sous ses doigts tremblants, puis, d'une voix pure, que l'émotion faisait chevroter un peu, elle commença une de ces vieilles chansons que, souvent, aux jours heureux, elle chantait, assise près de Kallistidès, dans la maison où la famille et les amis goûtaient la joie paisible de vivre.

Aux premiers mots :

« O déesse au front pur, couronné d'as-
[phodèles... »

le malheureux Hadji avait tourné la tête. Il regardait la chanteuse, il ne la reconnaissait pas, mais, tremblant d'émotion, il écoutait la chanson si souvent entendue et la voix qui, déjà, semblait l'avoir charmé.

Peu à peu, la chanteuse prit de l'assurance, car elle avait conscience qu'elle retardait le supplice de son vieil ami vers lequel elle n'osait se tourner complètement, car elle sentait son regard anxieux fixé sur elle.

Elle ne laissa pas aux spectateurs qui l'entouraient le temps de lui redemander une autre chanson, mais tout de suite elle en entonna une à l'intention du pauvre Hadji dont les yeux se mouillaient de larmes et qui écoutait extasié, le cou tendu vers la chanteuse qui feignait de ne pas le voir et dont il essayait de déchiffrer le visage.

Elle aurait chanté toute la nuit, la pauvre Hélène, tant qu'on aurait voulu, pour reculer le supplice du malheureux dans l'attente de quelque secours miraculeux que le Ciel ne semblait pas devoir lui envoyer, car le soleil empourprait l'horizon et allait disparaître, faisant place à la nuit.

« Maintenant, dit Angiopoulo, profitant d'un silence, il serait temps de penser à éclairer un peu la fête. Allons, Focas, allume-nous donc ces fagots. Le vieux attend pour nous dire où son trésor est caché. »

Aussitôt, il y eut un tumulte parmi la foule, on ne s'occupa plus de la chanteuse et des hommes passaient près d'elle, la bousculaient, la poussaient pour mieux voir.

On avait allumé les fagots entassés, une petite lueur commençait à poindre, le bois sec crépitait sous l'action dévoratrice du feu, et deux gaillards à l'air farouche s'étaient emparés du malheureux Hadji qui priait, mais tremblait fort en se résignant à la volonté d'Allah.

Une flamme s'éleva tout à coup et mit sur le cercle effrayant de tous ces hommes une grande lueur rouge qui illumina le crépuscule. Il y eut des cris et des rires, on se poussait, on se disputait pour mieux voir. Au premier rang, Alexandre, la figure barrée d'un sourire atroce, s'appuyait sur son bâton. Il triomphait du malheureux et excitait ses bourreaux.

« Amenez le prisonnier ! » cria le chef.

TROIS BANDITS QUI TENAIENT HADJI PLACÈRENT SES PIEDS AU-DESSUS DE LA FLAMME

Les deux bandits qui avaient gardé le malheureux le poussèrent. L'un d'eux retira brutalement les babouches qui le chaussaient, puis ils le renversèrent dans leurs bras, le soulevèrent, tandis qu'un troisième tenait les pieds du vieillard au-dessus de la flamme.

« Où caches-tu ton trésor ? cria Angiopoulo.

— Allah qui m'entend sait bien que je n'ai pas de trésor, je suis un pauvre...

— Approchez ! » cria férocement Angiopoulo aux bandits qui tenaient le supplicié.

Ils avancèrent d'un pas, tenant à présent les pieds du malheureux au-dessus du brasier d'où montaient des flammes multicolores et dansantes.

Hadji poussa un cri douloureux auquel répondit un cri venu de la foule et qui déchira l'air comme une lamentation de blessé.

« Arrêtez ! Qui a crié parmi nous ?

— C'est une femme.

— La voici ! »

Et l'un des brigands amenait, en la soutenant presque, la malheureuse Hélène qui n'avait pu voir torturer son vieux voisin sans trahir sa présence.

« C'est la chanteuse, dit le brigand. Qu'on l'emmène !

— Non, non ! » cria-t-elle, retrouvant son courage et se débattant pour demeurer. Puis, allant vers Angiopoulo :

« Je t'en prie, prends pitié de cet homme. Je te jure qu'il dit vrai. Je le connais, il n'a rien ; on a pris sa maison à Salonique, on en chassé sa femme et sa fille.

— Ce n'est pas vrai ! cria Alexandre.

— Ayez pitié de lui ! suppliait la jeune fille, il est juste, il est innocent. C'est celui-ci qui ment pour le perdre ! »

Et, de sa main jaunie par le fard de Laliouba, elle désignait Alexandre.

« Ah ! Hélène, chère enfant, vaillante fille ! s'écria le prisonnier en tendant ses bras vers elle.

— Hadji, mon vieil ami ! »

Et avant que l'on ait prévenu son geste, elle était près du supplicié qu'elle embrassait longuement.

« Ah démon ! cria Alexandre, te voilà encore ! Tu seras donc toujours sur mon chemin ?

— Qui est cette femme ? demanda Angiopoulo.

— Une ennemie, répondit Alexandre. C'est elle qui m'a fait perdre mon cher fils ; elle est la fille d'un homme qui m'a volé, elle cache chez elle un déserteur bulgare, elle espionne tout le monde. Elle est dangereuse, et plus dangereuse encore que celle qui l'accompagnait, car, j'en suis sûr à présent, l'autre est la fille du prisonnier, un serpent maudit.

— Où est la danseuse qui était avec toi ? demanda le brigand en séparant brutalement Hélène du prisonnier.

— Je ne sais pas !

— Il faut savoir !

— Mais c'est la vérité, je ne sais pas. Elle a disparu. Je l'ai cherchée partout, sous les oliviers, chez Naroun. Je ne la retrouve pas.

— Ma fille, ma petite Medgé ! soupirait Hadji, ils me l'ont prise aussi !

— Il faut qu'on la retrouve, cette vipère, criait Alexandre, sans cela nous entendrons parler d'elle ; fouillez partout. »

Du côté du café, du bois d'oliviers, des ombres s'élancèrent, mais Alexandre ne voulait pas laisser l'attention se distraire des prisonniers. Il dit à Angiopoulo :

« Cette fille, cette Grecque déguisée est une amie du prisonnier. Elle doit savoir, sans doute, où il a caché son trésor, car elle est toujours avec sa fille et les femmes ne sont pas capables de garder un secret.

— Eh bien ! on lui fera dire, à elle aussi, avec un fagot de plus.

— Vous ne ferez pas ça ! supplia Hadji.

— Oh ! bien sûr, repartit le brigand.

Et son rire atroce secoua d'un frisson la malheureuse Hélène.

A ce moment, les émissaires envoyés à la recherche de Medgé revenaient ; ils avaient cherché vainement la danseuse, elle avait disparu.

« Eh bien ! ceux-là vont payer pour elle, cria Angiopoulo, au comble de la fureur. Emparez-vous du vieux ! »

Et devant la flamme rouge qui éclairait sinistrement, tandis qu'on ramenait Hadji au supplice, Hélène se laissa tomber à genoux et pria.

La courageuse petite Medgé n'avait pu voir, impuissante à les soulager, les souffrances de son père, et tandis qu'Hélène chantait pour reculer le supplice de son vieil ami on la cherchait dans le bois d'oliviers, elle ne pensait qu'à trouver du secours pour délivrer le prisonnier.

Elle avait d'abord fui, affolée, jusqu'à

la maison de Naroun, mais que pouvait faire Naroun ? Comme elle rôdait autour de la maison, déserte à présent, elle aperçut un cheval attaché à un arbre et qui broutait paisiblement en attendant le retour de son maître. Furtivement, elle s'approcha de l'animal, le caressa, le détacha avec précaution et, doucement, l'amena jusqu'à un détour de la route qu'un rocher dissimulait à cet endroit.

Là, vaillamment, elle enfourcha l'animal que, de la voix et des talons, elle excitait à la course dans le chemin rapide et tortueux.

Mais la vaillante enfant ne songeait pas au danger qu'elle pouvait courir, elle ne songeait qu'à Hadji, son père bien-aimé qu'elle voulait ramener dans la chère petite maison rose de Salonique, et à Hélène.

CHAPITRE XVIII

Medgé fuyait vers Salonique, secouée, ballottée sur son cheval et se cramponnant à sa crinière. Oui, il fallait chercher du secours dans la ville, ameuter les gens, les entraîner à la poursuite des brigands. Mais si les gens allaient rester sourds à sa prière ? Medgé baissa la tête.

« Non, dit-elle, ce n'est pas possible. J'irai supplier les soldats grecs et ils viendront, oui, ils viendront. »

Cependant, le sentier devenait difficile et la pente plus rapide, aussi la monture prit-elle d'elle-même une allure plus calme.

Medgé put alors se retourner et regarder en arrière. Personne ne la suivait. Alors, elle frotta d'une caresse le cou du cheval et l'excita de la voix. La bête repartit un peu plus vite.

« Cela va bien, murmura Medgé ; dans un quart d'heure, je serai à Salonique. »

Déjà elle apercevait les murailles ; à la porte, un groupe de soldats gesticulaient et semblaient être au repos. Encore un effort et elle y serait.

La voilà à présent au milieu des soldats grecs, retour de la guerre, qui entourent la fillette encore sur son cheval et qui rient de voir cette petite moricaude, à la chevelure en désordre, aux vêtements déchirés, cramponnée à sa monture et criant

« Venez à mon secours, vite, vite ! »

Ils se pressent autour d'elle, plaisantent, l'interrogent, mais ne l'écoutent pas.

Alors Medgé regarde et soudain elle pousse un cri :

« Périclès, fils de Kallistidès ! Périclès ! »

Le jeune homme ainsi interpellé fend la troupe de ses camarades et s'avance

vers Medgé. Ah ! il a bonne mine et a gagné ses galons de lieutenant.

« Que me veux-tu ? Comment me connais-tu ?

— Périclès, je suis Medgé.

— Toi, Medgé ? Quelle idée ! Medgé était blanche.

— Tiens, regarde ! »

Et Medgé écarte un peu le col de sa robe pour montrer que sa peau est blanche.

Alors un autre jeune homme, également lieutenant, s'approche. C'est Aristotelès, frère de Périclès. Il regarde Medgé :

« Oui, c'est bien Medgé, je la reconnais. Mais comment es-tu devenue noire ?

— Plus tard, je vous dirai... Mais venez vite ! Hélène, votre sœur, et Hadji, mon père, sont prisonniers des brigands dans la montagne. On va les torturer ! Venez vite ! Vous pouvez, vous avez des armes et des hommes, venez, venez ! »

Et Medgé supplie, joint les mains. Elle entraîne si bien les deux jeunes gens que Périclès s'écrie :

« Allons, vous autres, venez-vous, mes amis ? Il faut sauver ma sœur. Qui vient ?

— Moi, moi ! » crient cent voix.

Et les jeunes soldats, pleins d'ardeur et d'enthousiasme, ont vite fait de saisir leurs armes, de rajuster leur équipement. Et, en un instant, trente-six hommes sont prêts à partir.

« Est-ce assez ? demanda Périclès.

— Oh ! oui, fait Medgé, les yeux brillants de joie. Maintenant, venez, je vais vous guider. »

Ayant laissé son cheval, elle marche en tête des hommes, parmi les sentiers tortueux. Medgé raconte à ses deux amis tout ce qui est arrivé depuis quelques mois, la ruine de leur famille, la perfidie d'Alexandre, la captivité d'Hadji, le dévouement d'Hélène et le sien propre. Alors, les jeunes gens s'expliquent l'absence de parents et d'amis venus au-devant d'eux, à leur arrivée à Salonique, au moment de leur débarquement.

Tout à coup, Medgé s'arrête dans le chemin :

« Je ne sais plus s'il faut continuer à droite ou à gauche.

— Il nous faudrait quelqu'un pour nous mener au plus vite au camp d'Angiopoulo », murmure Périclès.

Alors, tandis que Medgé explore le paysage du regard, elle pousse tout à coup une exclamation.

« Oh ! Périclès, regarde ! »

Ce qu'elle désigne est, sur un autre sentier un peu plus haut, un homme qui arrive sur un âne aussi vite qu'il peut. Medgé dit aux hommes :

« Cachez-vous, il ne faut pas qu'il nous voie. »

En un instant, les hommes ont disparu comme par enchantement derrière les rochers, Medgé murmure alors à Périclès :

« C'est Alexandre, il va passer par ici. »

Le jeune homme serre les poings :

« Le coquin, si je le tiens !

— Ne l'épargne pas, fait Medgé, force-le à te donner le reçu de la dette de ton père. Il a le papier sur lui. Frappe-le, mais qu'il te donne le papier.

— Oui, compte sur moi.

— Après, il faut qu'il nous conduise au village d'Angiopoulo délivrer Hélène et mon père.

— Oui, cela sera fait. Baisse-toi, cache-toi vite. Il faut le laisser s'avancer pour le saisir au passage. »

Medgé obéit, le cœur frémissant. Ah ! comme elle se réjouissait de tenir enfin Alexandre ! Une minute encore et il serait là, prisonnier à son tour. Il supplierait, il implorerait, lui aussi. Ah ! que la minute était longue à s'écouler !

Pourtant, Alexandre approchait. Il venait prestement, sa mauvaise conscience satisfaite et sans aucun soupçon du piège dans lequel il allait tomber.

Soudain, de tous les rochers, près du sentier, surgissent des hommes qui, avant qu'il ait rien vu, le jettent à bas de son âne et le ligotent solidement aux jambes.

Un homme la baïonnette au poing, lui dit :

« Si tu cries ou si tu bouges, je te tue !

— Et moi je te larde ! » dit un autre.

Alexandre gémit d'un ton pleurard :

« Mes bons amis, que vous ai-je fait ? Je suis un brave homme, un honnête négociant de Salonique. Voyez, je revenais tranquillement de ma vigne.

— Menteur ! crie une voix qui fait tressaillir Alexandre.

— Grâce ! Je ne mens pas ! Je n'ai rien fait de mal, je ne vous ai rien fait.

— Menteur ! » reprend la voix.

Et voilà que surgit devant Alexandre terrifié la petite Medgé qui vient de se débarbouiller à une source et qui, le visage ruisselant d'eau, vient montrer sa face à l'Arménien et se faire reconnaître.

« Menteur ! reprend-elle.

— Démon ! » murmure Alexandre, les dents serrées.

Et voici que surgissent encore, de chaque côté de Medgé, deux lieutenants grecs qu'Alexandre contemple un moment, avant de s'écrier avec épouvante :

« Périclès ! Aristotelès ! Les fils de Kallistidès !

— Oui, les fils de celui à qui tu as fait tant de mal, chien, que tu as volé !

— Que j'ai volé ! Oh ! non, par les apôtres !

— Ne mens pas, chien !

— Grâce, épargne-moi ! supplie Alexandre.

— On n'épargne pas un voleur comme toi !

— Grâce !

— Allons, s'écrie Périclès, donne-moi vite le reçu que tu as volé au Bulgare, le reçu de notre dette. Donne vite !

— Mais je ne l'ai pas ! supplie encore Alexandre, en portant malgré lui ses mains vers sa ceinture, derrière laquelle, sans doute, se cache le précieux papier et tant d'autres.

— Donne-moi le reçu ! reprend froidement Périclès en tirant à moitié son sabre.

— Tu me promets la vie si je te le donne ?

— Peut-être, mais donne.

— Oh ! par saint Dimitri, gémit Alexandre, que le monde est cruel pour les pauvres diables qui se sont donné tant de mal pour s'enrichir honnêtement. Cela ne te portera pas bonheur, Périclès !

— Le reçu ! »

L'arme est levée. Alors, avec un cri sourd, Alexandre, de ses mains libres, fouille au plus vite dans les plis de sa robe et de sa ceinture. Il tire un sac qu'il ouvre et dans lequel il prend un papier chiffonné qu'il tend à Périclès.

« Le voici ! »

Et le misérable a des hoquets de rage.

« C'est bon, donne-moi tout le sac. Il y a peut-être encore des papiers qui m'intéressent.

— Mais non, je te jure !

— Donne !

— Non, non !

— Prends garde ! »

Un soldat a approché sa baïonnette du dos d'Alexandre ; le misérable se croit mort et donne le sac à Périclès.

« Bien !

— Attachez-lui les mains, à présent », ordonne Aristotelès.

Aussitôt dit, aussitôt fait.

« Hélas de moi ! gémit Alexandre. Que voulez-vous encore ?

— Conduis-nous au village d'Angiopoulo commande Medgé ironique. Et surtout ne nous trompe pas ! En marche !

— Mais il me tuera pour l'avoir trahi !

— Et nous te tuons si tu ne nous conduis pas vers lui ! »

Devant toutes les armes braquées sur lui, Alexandre soupire profondément et dit :

« Venez !

— Marche devant, ordonne Périclès.

— Mais Angiopoulo me tuera s'il me voit avec vous.

— Tant pis ! Il ne fallait pas être si bien avec lui, coquin ! Marche ! »

Alexandre gémit, pleure, claque des dents de terreur, mais marche toujours, talonné par les baïonnettes.

« Maintenant, je reconnais, murmure Medgé. Nous voilà au village d'Angiopoulo, nous y voilà ! Vite, cachez-vous, car ses hommes vont tirer. »

Le conseil est prudent, et chacun se met à l'abri derrière un rocher. Mais, déjà, il est trop tard. Sans doute, on les a vus chez le brigand. L'alarme est jetée. Un homme paraît au bord du sentier et, fusil à la main, tendant le poing vers Alexandre :

« Coquin, lâche, chien, tu m'as trahi ! »

Et, épaulant son arme, Angiopoulo, car c'est bien lui, vise Alexandre et fait feu.

Alexandre, frappé en plein cœur, pousse un hurlement et tombe mort. Mais les soldats grecs répondent par une salve nourrie à l'attaque d'Angiopoulo.

Le brigand est atteint aux jambes et s'écroule à terre. En un moment, il est ligoté et hors d'état de nuire.

Mais un grand silence règne dans le village du brigand. Avec leurs hommes conduits par Medgé, Périclès et Aristotelès se glissent parmi les maisons basses. Elles sont vides et, au loin, on voit fuir parmi les rochers les brigands qui se sont enfuis dans la montagne en voyant tomber leur chef. Ah ! ils ne se soucient pas de le défendre ! Il vaut mieux gagner le large, loin de la police. Cependant, au bout du village, autour d'une petite cahute, des tas de paille et de sarments secs flambent avec une fumée noire :

On appelle : « Hadji ! Hélène ! » Rien...

Mais Medgé, qui s'est approchée de la maison qui brûle, pousse un cri :

« Ils sont là dedans ! Sauvons-les ! »

Et, n'écoutant que son courage, malgré la fumée et la flamme, la brave petite pousse la porte de la cabane et s'y précipite. On la suit :

Hélène et Hadji sont liés à la même poutre, destinés au même supplice. On coupe les liens, on entraîne les deux prisonniers qui commencent à suffoquer. Ils se remettent vite dehors.

Hélène pousse un cri :

« Medgé ! Périclès ! Aristotelès !

— Oui, c'est Medgé qui t'a sauvée, fait gaiement Périclès.

— Mais non, c'est lui et les autres, dit Medgé.

— Enfin, c'est vous tous. Merci, fait Hélène. Oh ! Périclès, donne à boire à Hadji et soutiens-le pour rentrer à Salonique.

— On le mettra sur l'âne d'Alexandre, dit Aristotelès.

— Comment, l'âne d'Alexandre ? fait Hélène.

— Oui. Angiopoulo a fait justice. Il a tiré sur Alexandre qui a été mortellement frappé.

— Dieu ait pitié de lui ! murmure Hélène.

— Allah est miséricordieux, mais juste ! » prononce Medgé.

On hisse Hadji qui, toujours calme, se laisse faire et remercie ses sauveurs.

On trouve dans une cabane un autre âne sur lequel on attache Angiopoulo qu'on ramène à Salonique.

La petite troupe reprend gaiement le chemin de la ville où chacun espère retrouver les beaux jours d'autrefois.

CHAPITRE XIX

Les jeunes Grecs, après avoir ramené Hélène et Hadji, coururent à la montagne, d'où Kallistidès revint le cœur en joie. Puis on pensa aux deux pauvres mères, restées à la maison des vignes, et qui devaient se demander ce qu'étaient devenues leurs enfants.

Périclès et Aristotelès s'en furent donc hors la ville et trouvèrent les deux femmes qui s'inquiétaient et n'osaient cependant point revenir à Salonique, espérant encore le retour de leurs filles.

Les fils de Kallistidès avaient amené un char et, cette fois, on eut tôt fait d'y mettre tout ce qu'on avait apporté. Mᵐᵉ Kallistidès riait et pleurait à la fois. Elle demandait des détails sur une bataille et interrompait le récit en recommandant :

« Ne casse pas ce vase ! Ne perds pas les babouches ! »

Et, pour consoler ses fils des dures épreuves de la campagne, elle ne savait que leur promettre de faire de bonnes confitures et beaucoup de gâteaux, ce qui ferait bien plaisir aussi à son cher Alcibiade.

Fatima avait hâte de rentrer à Salonique pour soigner Hadji qui avait, de tous, été le plus éprouvé. La pauvre femme aurait été capable de marcher jusqu'à la ville tant elle avait hâte de retrouver sa fille et son mari, mais, hélas ! elle dut se résigner et attendre tout le monde, car son imagination avait seule le pouvoir de franchir les distances, et Périclès n'eut point de mal à lui faire comprendre que les bœufs iraient encore bien plus vite qu'elle.

La joie du retour fut immense. Quand le char ramenant les deux femmes s'arrêta, il y eut une ruée de tous les voisins, et la présence des deux jeunes Grecs n'était pas pour rien dans cette aimable curiosité.

On apportait de tous côtés des fruits et des gâteaux, et la maison fut pleine tout le jour d'un va-et-vient joyeux.

Dans l'enchantement général, Hélène seule ressentait de la mélancolie. Les heures angoissantes passées chez les brigands l'avaient si profondément impressionnée qu'elle ne pouvait chasser l'atroce vision, et la joie qu'elle avait de retrouver son père et ses frères ne pouvait lui faire oublier l'absence de Georges, de qui elle était sans nouvelles depuis le départ de Salonique.

Ses frères, lorsqu'ils la voyaient songeuse, la consolaient de leur mieux :

« Il reviendra, disait Périclès. Tu vois, nous sommes bien revenus malgré tous les dangers.

— Et nous en avons traversé, je t'assure », insistait Aristotelès, en lui narrant quelque fait d'armes.

La maison de Kallistidès et celle de Hadji reprirent peu à peu leur aspect, car Alexandre n'avait pas eu le temps d'en prendre possession. Quand Anna avait appris la mort de son mari, elle s'était lamentée :

« Que vais-je devenir ?

— Personne n'est en peine pour toi, lui avait-on répondu. Le trésor qu'on accusait Hadji de cacher chez lui est chez toi. Retourne dans ton pays, parmi les tiens ; tu as assez d'or mal acquis pour y vivre.

— Et ma maison, qu'est-ce que j'en ferai ?

— Tu la vendras », dit un jour Hélène.

Elle pensait à Benesco qui, s'il revenait, achèterait peut-être la maison d'Alexandre, et elle tremblait de crainte à l'idée qu'il pouvait ne pas revenir.

Par un beau soir, cependant, le jeune Bulgare revint frapper à la porte hospitalière de Kallistidès, et la joie fut grande dans la maison du Grec dont les deux fils l'accueillirent comme un frère.

Des trois jeunes gens, Georges était celui qui avait le plus souffert. Depuis son départ de Salonique, une nouvelle blessure, quoique légère, l'avait immobilisé et avait retardé son retour au foyer qu'il avait choisi.

Bien que son cœur fût tout acquis à la patrie grecque, il avait moins d'enthousiasme que Périclès et Aristotelès, en qui le vieux Kallistidès retrouvait les vertus antiques de sa race, et il rêvait, loin du fracas de la guerre d'une vie paisible.

Dès qu'il avait su qu'Anna, détestée de tous, quittait enfin la ville, Benesco avait négocié avec elle l'achat de sa maison, sachant quelle joie aurait Hélène à vivre ainsi entre les siens et sa vaillante petite Medgé.

On avait rendu méconnaissable la maison de l'Arménien et tout le monde avait contribué à la parer. Jamais Hélène et Medgé n'avaient tant brodé, ni si bien, ni si vite, et jamais tant de chansons n'avaient résonné dans la vieille demeure du Grec.

Benesco avait dit à Mme Kallistidès :

« Je demande comme cadeau de noce l'amphore dans laquelle Hélène m'a si ingénieusement fait sortir de Salonique.

« Nous l'avons laissée à la petite maison des vignes, dit la brave femme ; il est bien inutile de la rapporter ici. Cette petite maison et ses champs seront pour vous et Hélène ; moi, je ne tiens pas plus à y retourner que Kallisti-

dès à faire un séjour dans la montagne. »

Et toute la jeunesse se mit à rire de l'effroi que le vieux couple gardait de son exil et de sa séparation.

Tout simplement, car les grands bonheurs sont simples, le mariage d'Hélène et de Georges fut célébré au milieu de quelques amis qui partageaient sincèrement leur joie, et ils s'installèrent dans la maison d'Alexandre dont leur bonheur chassa jusqu'au souvenir.

Souvent encore, comme aux jours heureux qui avaient précédé la guerre, on s'installait le soir, pour deviser, autour de Kallistidès qui fumait paisiblement près de son vieil ami Hadji. Les jeunes gens racontaient des exploits guerriers. Medgé chantait, ainsi qu'Hélène, et l'on faisait grand honneur aux friandises de Mme Kallistidès et de Fatima.

IMPRIMERIE DU PALAIS

20, RUE GEOFFROY-L'ASNIER, 20

PARIS

BIBLIOTHÈQUE VERTE

About (E.) : *Le Roi des Montagnes.*

Agraives (J. d') : *Le Maître du Simoun.*
— *La Cité des Sables.*
— *Le Filleul de la Pérouse.*
— *L'Enigme du pastel.*

Armagnac (Mⁱˡᵉ d') : *Un Drame à la Cour d'Orthez.*

Assollant (A.) : *Pendragon.*

Balzac *Eugénie Grandet.*

Beecher-Stowe : *La Case de l'Oncle Tom.*

Claretie (J.) : *Récits héroïques.*

Conan Doyle : *La Bande mouchetée.*

Crévelier (J.) : *Le Mouchoir du Capitaine Villeneuve.*
— *Les Trois Fiancées de Nicolas.*

Curwood (J. O.) : *Les Chasseurs de Loups.*
— *Le Piège d'Or.*

Daudet (A.) : *Contes choisis.*
— *Histoire d'un Enfant.*

Des Gachons (J.) : *L'Ile au poison.*

Dumas (A.) : *Le Capitaine Pamphile.*

Erckmann-Chatrian : *Contes choisis.*
— *Madame Thérèse.*
— *L'Ami Fritz.*

Gautier (Théophile) : *Le Capitaine Fracasse.*

Girardin (J.) : *La Disparition du Grand Krause.*
— *Nous autres.*

Guiches (G.) : *Tout se paye.*

Labiche (E.) : *La Cagnotte. — La Grammaire. — L'Affaire de la rue de Lourcine.*

Laurie (A.) : *Le Capitaine Trafalgar.*

London (Jack) : *Michaël, chien de Cirque.*
— *En Pays lointain.*

Lorédan-Larchey : *Les Cahiers du Capitaine Coignet.*

Maël (P) : *Le Trésor de Madeleine.*
— *La Marmotte.*
— *Un Mousse de Surcouf.*

Mayne-Reid : *Les Robinsons de Terre ferme.*

Mérimée (P.) : *Les faux Démétrius.*

Nahuque (J. de) : *Sur la terre d'Afrique.*

Pastre (G.) : *La Ville aérienne.*

Savignon (A.) : *Le Secret des eaux.*

Scott (Walter) : *Ivanhoé.*
- *Quentin Durward.*

Sevestre (N.) : *Boule de Neige.*

Stahl (P.-J.) : *Histoire d'un âne et de deux Jeunes Filles.*
— *Les quatre Filles du Dʳ Marsch. Maroussia.*

Stevenson : *L'Ile au Trésor.*

Thébault : *Les Robinsons de la Somme.*

Toudouze (G.) : *Reine en Sabots.*
— *Le Mystère de la Chauve-Souris.*
— *La Sorcière du Vésuve.*

Verne (J.) : *Un Drame en Livonie.*
— *Voyage au Centre de la Terre.*
— *La Chasse au Météore.*
— *Le Chancellor. — Martin Paz.*
— *L'Etoile du Sud.*

Vincent (Paul) : *Les Suites d'un Pari.*

Webster (J.) : *Papa Faucheux.*

Wiggin (K. D.) : *Les Locataires de la Maison jaune.*

Chaque volume in-16, cartonné pleine toile verte

BIBLIOTHÈQUE DE LA JEUNESSE

Achaume (A.) et **Dubois** (M.) : *Jean-Paul Choppart.*

Agraives (Jean d') : *Le Petit Robinson.*
— *La Croisière de l'Argonaute.*

Allorge : *Ciel contre Terre.*

Assollant (A.) : *Montluc-le-Rouge.*

Bombonnel : *Bombonnel, le Tueur de Panthères.*

Borius (Jules) : *La Petite Cosaque.*
— *L'Héritier du cousin Baldinven.*
— *Le Coup de Tête d'Alix.*

Cahun : *La Bannière bleue.*
— *Aventures du Capitaine Magon.*

Chatellus (A. de) : *La Sœur de Gribouille.*

Colomb (Mme) : *Jean l'Innocent.*

Fiel (M.) : *Sylvère l'Insouciant.*

Fleuriot (Z.) : *Grandcœur.*
— *Le clan des têtes chaudes.*
— *Monsieur Nostradamus.*
— *Papillonne.*

Genestoux (Magdeleine du) : *Jean-Louis-le-Têtu.*
— *Le Trésor de M. Toupie.*
— *Les Millions de Philippe.*
— *Une folle Équipée.*
— *Ratignol, as du Cinéma.*

Géniaux (Ch.) : *Un Corsaire de Treize ans.*

Gorsse (H. de) : *Cinq Semaines en Aéroplane.*
— *Le Yacht Mystérieux.*

Gorsse (H. de) et **Guitet-Vauquelin** (P.) : *Le petit héros du Bled.*

Jacquin (J.) et **Fabre** (A.) : *Les Petits Naufragés du " Titanic ".*
— *Le Chien de Serloc Kolmès.*

Jeanroy (Th.) : *L'Enfant des Fées.*

Laumann et **Bigot** : *L'Étrange Matière.*

Laumann et **Lanos** : *L'Aéro-Bagne 32*

Le Mouël : *Dibidoub l'Ambitieux.*
— *Une Pension en Aérobus.*
— *M. Méridien au Pays des Neiges.*

Mac Adam : *L'Enfant de l'île enchantée.*

Maël (Pierre) : *Le Forban noir.*
— *La Fille de l'Aiguilleur.*

Malot (Hector) : *Romain Kalbris.*

Mariel (P.) : *Le Filleul de l'Éléphant.*

Mouton (E.) : *Vie et Aventures de Marius Cougourdan.*

Nahmias (R.) : *Roman d'un Perroquet.*

Nanteuil (Mme de) : *Capitaine.*

Pitray (Paul de) : *L'Auberge de l'Ange-Gardien, pièce.*

Sevestre (N.) : *La Main rouge.*
— *Tour du Monde en Quatorze Jours.*
— *Trois jeunes aviateurs au pôle nord.*
— *Hip ! Hip ! Hurrah !*

Toudouze (G.) : *Le Petit Roi d'Ys.*
— *La Fille du Proscrit.*
— *Pierrette la Téméraire.*

Urgel (Ivan d') : *Le Caillou rouge.*

Valdor (P.) : *Cœur vaillant.*

Vernou (P.) : *Les Pirates de l'Air.*
— *Aventures de deux scouts alsaciens.*

Vincent (P.) : *Toujours à l'Affût.*
— *Le Fantôme vert.*

Vix (Pierre) : *Le Secret de la Mine.*

Vrignault (M.) : *Moune et Roby.*

Chaque volume in-8° raisin, illustré, couverture en couleurs, broché

IMP. HENRY MAILLET, PARIS